Franz Bartelt

PARADIESISCHE AUSSICHTEN

Roman

Übersetzung aus dem Französischen
von Ulrike Werner

Lübbe

MIX
Papier aus verantwortungsvollen Quellen
FSC® C014496
www.fsc.org

Dieser Titel ist auch als E-Book erschienen

Titel der französischen Originalausgabe:
»Le testament américain«

Textredaktion: Marion Labonte, Wachtberg
Umschlaggestaltung: FAVORITBUERO, München
Umschlagmotiv: © shutterstock: kstudija | Egorova Julia | amudsen | Andrey_Popov
Satz: Dörlemann Satz, Lemförde
Gesetzt aus der FF Celeste Regular
Druck und Einband: GGP Media GmbH, Pößneck

Printed in Germany
ISBN 978-3-7857-2513-9

5 4 3 2 1

Sie finden uns im Internet unter: www.luebbe.de
Bitte beachten Sie auch: www.lesejury.de

DASS CLÉBAC DAROUIN MEHRERE HEKTAR Wald und Weideland gekauft hatte, wusste jeder. Er hatte Mauern um das Gelände und mitten darin sein Grabmal errichten lassen – ein Mausoleum, das selbst die wuchtige Kirche in den Schatten stellte, mit seinen Toröffnungen und Buntglasfenstern, fein gearbeiteten Kaminen, Treppen und Balkonen aber zugleich von einer solchen Leichtigkeit geprägt war, dass man den Stil getrost als Mischung von Bauhaus, italienischer Renaissance und Hollywood-Kitsch bezeichnen konnte. Nun war Clébac Darouin tot, und alle Dorfbewohner hatten ihm die letzte Ehre erwiesen.

Eine Woche später erschien ein Notar aus der Stadt und rief die gesamte Dorfgemeinschaft auf dem großen Platz vor dem Bistro Matouillet zusammen. Man hatte Tische aufgestellt, und weil das Wetter so schön war, strömten alle mit ihrem Stuhl unter dem Arm herbei. Es war kein Geheimnis, dass

Clébac Darouin seit beinahe zehn Jahren mehrfach sowohl schriftlich als auch mündlich verkündet hatte, sein Vermögen gerecht unter den Bewohnern seines Geburtsortes Neuville aufzuteilen und jeden einzelnen in seinem Testament zu bedenken.

Der Notar saß lässig an einem Tisch und musterte angewidert die überschaubare Menge, in der er nichts als arme Schlucker, Spinner, Schmutzfinken, Rotznasen, einen Krüppel, krumme alte Männer und betagte Frauen mit vor Kummer grauen Gesichtern entdecken konnte.

Insgesamt bestand die Einwohnerschaft aus kaum dreihundert Seelen, die sich einzeln oder in Gruppen auf etwa sechzig Bruchbuden verteilten, deren baufälliger Zustand dem ihrer Besitzer in nichts nachstand. Im Bezirk war Neuville als Fleck am hintersten Ende der Welt verschrien, als Pampa. Hier waren das Leben schwer und die Winter hart. Die Gärten warfen gerade genug ab, um nicht zu verhungern, die Schweine waren weniger fett, die Anzahl der Autos war geringer, und die Zahl der Missgeschicke deutlich höher als im restlichen Land. Dennoch konnte man hier mit ein wenig Ausdauer durchaus sehr alt werden, wie man zur Erbauung der Jugend nicht müde wurde, ins Feld zu führen. Man denke nur an Achille Boutrave, der seinen hundertsten Geburtstag lediglich um zwei Monate verpasst hatte, er war der beste, wenn auch dahingeschiedene Beweis.

Die einzig wirklich große Ehre, derer Neuville sich rühmen konnte, war es, der Geburtsort des großen Clébac Darouin gewesen zu sein, des letzten Erben der Dynastie Darouin, Sohn von Winston Darouin und seiner Frau Milady, einer gebürtigen Bostonerin und Freundin von Paul Morand und Marcel Proust, die hier nicht weiter vorgestellt werden sollen. In den 1920er Jahren führte das Paar Darouin ein Leben in Saus und Braus in den Metropolen Wien, Venedig, London und Paris, die es ausschließlich im eigenen Flugzeug bereiste. Eines Tages stotterte der Motor, gerade als man über Neuville hinwegflog, und Winston musste auf einer Weide in der Nähe des Dorfes notlanden. Die Maschine riss einen Zaun mit sich, durchbrach eine Hecke und beschädigte eine Schubkarre sowie eine Viehtränke, ehe ein Apfelbaum ihr endlich Einhalt gebot. Der Unfall bescherte der hochschwangeren Milady nicht nur Verletzungen an der Stirn und am Ellbogen, sondern auch die Beschleunigung des freudigen Ereignisses.

Und so war es den besonderen Umständen und einer fehlerhaften Mechanik zu verdanken, dass Clébac Darouin das Licht der Welt zwischen Kornsäcken, Ölkanistern und mehreren Kilo Mehl auf der Theke des Lebensmittelladens erblickte. Weil der Junge bei seiner Geburt blitzeblau war, taufte ihn der Pfarrer noch an Ort und Stelle über dem Zuber, welcher den Bewohnern stets als Taufbecken gedient hatte. Wenige Monate später ließ ein zutiefst dankbarer Winston Darouin ein Taufbecken direkt aus Berlin schicken, entworfen von einem der ersten Designer der Geschichte überhaupt. Die Leute fanden es zwar längst nicht so schön wie ihren Zuber, aber da es sich um ein Geschenk handelte, wagte niemand, seiner Enttäuschung Ausdruck zu verleihen.

Zu Beginn erging sich das Testament in einer Würdigung Neuvilles, seiner Bewohner, seiner Felder und Wälder, seines Flüsschens, seiner Kirche, seines Lebensmittelladens, seiner Hauptstraße und Gassen. Alles kam gleichermaßen gut weg. Clébac Darouin hatte unvergessliche Worte für die Tränke am Dorfplatz und noch denkwürdigere Vokabeln für das öffentliche Waschhaus gefunden, beide gespeist von einer der klarsten Quellen der westlichen Welt. Nach wortreichen Ergüssen über die Umstände seiner Geburt in diesem durch einen schier endlosen Ozean von Amerika getrennten Dorf, kam Clébac Darouin mittels der emotionslosen Stimme des Notars auf die Wohltaten zu sprechen, die er der kleinen Gemeinde als Erbe zugedacht hatte, das anzunehmen oder abzulehnen den Bewohnern von Neuville freistand.

Es war ganz einfach. Clébac Darouin bot an, jeder einzelnen Familie ein Grabmal zu errichten, das seinem eigenen in nichts nachstand. Um Missverständnissen vorzubeugen, so schrieb er, sei hier keineswegs die Rede von jenen in diesem Landstrich üblichen bescheidenen Grabstätten. Ihm schwebten vielmehr prächtige Bauwerke mit einer Grabkammer pro Familienmitglied vor, erschaffen aus einer Kombination von Marmor und rustikalen Materialien, jedes mit einem Kriechkeller zur Verlegung von

Rohrleitungen sowie einem Schieferdach versehen, je nach Wunsch lackiert oder handgraviert. Große, verglaste Öffnungen sollten für viel Helligkeit rings um die Sarkophage sorgen, die eines Tages die Särge in sich aufnehmen würden. Die namhaftesten Künstler würden einen auf die wichtigsten Ereignisse aus dem Leben des Dahingeschiedenen zugeschnittenen Bilderschmuck kreieren.

»Auf diese Weise werden wir in alle Ewigkeit vereint sein, meine Freunde und Brüder in meinem Geburtsland. Bis bald, meine Freunde und Brüder.«

Den letzten Worten des großen Clébac Darouin folgte Stille. Der Notar schluckte den Speichel hinunter, in dem seine Zunge zu ertrinken drohte. Die Neuviller, die nicht so recht wussten, ob sie alles verstanden hatten, warteten ab.

»Als Nächstes«, fuhr der Notar schließlich fort, »werden Ihnen meine Angestellten gemäß des letzten Willens des verstorbenen Clébac Darouin die Pläne und Beschreibungen Ihrer jeweiligen Grabstätte überreichen. Ich möchte Sie bitten, sie in aller Ruhe zu studieren und mir so bald als möglich eine Antwort zukommen zu lassen. Ich muss Sie darüber in Kenntnis setzen, dass das Erbe nicht teilbar ist, was mit anderen Worten bedeutet: Damit das Projekt durchgeführt werden kann, muss der Vorschlag des Erblassers einstimmig angenommen werden. Wenn auch nur einer von Ihnen sich weigert – aus welchen Gründen auch immer – wird die gesamte vorgesehene Summe wohltätigen Zwecken in den Vereinigten Staaten zugeführt. Es ist meine Pflicht hinzuzufügen, dass Clébac Darouin durch die Errichtung seines Grabmals in Neuville sozusagen mit gutem Beispiel vorangegangen ist, Sie können dieses Bauwerk als eine Art Musterhaus betrachten. Nachdem er aufgrund seiner zahlreichen Geschäfte nicht so häufig in Ihrer Mitte weilen durfte, wie er es gern getan hätte, hat er seinem Wunsch Ausdruck verliehen, Sie alle mögen es nicht allzu weit haben, ihm auf seinem Weg in den Himmel Gesellschaft zu leisten.«

Ein wenig überrascht blätterten die Bürger von Neuville in den von den Angestellten verteilten Broschüren und begutachteten das Foto eines dreidimensionalen Modells des Friedhofs von Clébac Darouin, Ausdrucke von simulierten Ansichten jedes einzelnen Mausoleums aus verschiedenen Perspektiven sowie der Lage der einzelnen Grabstätten zu den benachbarten Bauwerken, zum Dorf und zur Umgebung. Im Grunde hielten sie den Bauplan für eine moderne Kleinstadt mit Straßen, Plätzen, Springbrunnen und Blumenrabatten in den Händen. Überall waren Wasserbecken eingezeichnet, die laut Text zu den als »Points of interest« gekennzeichneten Besonderheiten gehörten und untereinander mit Kanälen verbunden waren, über die sich wunderliche Stege spannten. Die Pläne sahen auch Ruhebänke, exotische Bäume und Skulpturen vor, wobei Letztere jedoch nichts darstellten, was den Neuvillern bekannt gewesen wäre. Das Ganze war nicht unbedingt schön, aber sauber, ordentlich und gut gezeichnet.

»Was ist das?«, fragten die Kinder und klatschten

mit der flachen Hand auf die Broschüren, als wollten sie eine Fliege erschlagen.

»Das ist für wenn wir mal tot sind«, erklärten die Erwachsenen in einem Ton, als glaubten sie selbst nicht an das, was sie da aussprachen.

Der Notar wanderte von Gruppe zu Gruppe und von Tisch zu Tisch, beantwortete Fragen und warf mit Zahlen um sich, die in die Millionen Dollar gingen und niemandem etwas sagten.

»Der Friedhof wird schöner als das Dorf«, seufzte er. »Ich bin jetzt seit dreißig Jahren Notar, aber so etwas habe ich noch nie erlebt. Wirklich außergewöhnlich. Sie haben Glück, dass Clébac Darouin ausgerechnet hier bei Ihnen geboren wurde. Welch einmaliges Wunder.«

»Heutzutage stürzen Flugzeuge nicht mehr ab. Das liegt am Fortschritt«, sagte einer.

»Doch, sie stürzen schon noch ab«, wandte ein anderer ein, »aber nicht mehr über dem Land.«

Niemand wusste so recht, was er von der Sache halten sollte. Sie hatten nichts Besonderes von Clébac Darouin erwartet. Vielleicht eine Spende zum Erhalt seines Grabmals und ein paar Scheine, um zwei- oder dreimal im Jahr eine Prozession zu seinen Ehren durchführen zu können. Mehr nicht. Zu seinen Lebzeiten hatte Clébac Darouin die Restaurierung des öffentlichen Waschplatzes und die Renovierung der Mehrzweckhalle finanziert. Er hatte die Instandsetzung des Kirchendachs bezahlt, ein neues Rathaus bauen lassen und den beiden Feuerwehrleuten, die das Getreide überwachten, ein Löschfahrzeug gekauft, wie es sich nicht einmal große Städte leisten konnten. In jedem Jahr war an Clébacs Geburtstag im Rathaus ein Scheck über eine ansehnliche Summe eingegangen, zusammen mit Anweisungen bezüglich ihrer Verwendung.

Auf diese Weise war Neuville zu einem Schwimmbad gekommen, in dem sich niemals Badegäste aufhielten, weil der Fluss gleich hinter den letzten Häusern des Ortes lag. Clébac Darouin hatte Wert darauf gelegt, in einem Flügel des neuen Rathauses einen Saal für kulturelle Darbietungen einzurichten, der jedoch nur für kleine Empfänge genutzt wurde, auf die sich die Kultur des Dorfes weitestgehend beschränkte.

Noch seltsamer für eine Gemeinde, die fast dreihundert Kilometer vom nächsten dem Gezeitenrhythmus unterworfenen Salzgewässer entfernt lag, war die Errichtung eines hochseetauglichen Leuchtturms, der die höchsten Bäume des Waldes um gut vierzig Meter überragte und auf den Clébac Darouin großen Wert gelegt hatte. Er hatte seinen Wunsch folgendermaßen erklärt:

»In Neuville gibt es keine Orangenbäume. Und doch liegen Apfelsinen in euren Obstschalen. Hier gibt es zugegebenermaßen auch kein Meer. Aber dass es kein Meer gibt bedeutet noch lange nicht, dass euch das Glück eines eigenen Leuchtturms versagt sein muss.«

Und so wurde der Leuchtturm gebaut und mit ihm ein Leuchtturmwärter eingestellt, der mit seinem Fernglas den Traktorenverkehr überwachte und lange im Voraus die Ankunft des Briefträgers oder des Kleinlasters der Brauerei verkünden konnte.

Ansonsten lebten die Dörfler recht anspruchslos vor sich hin, bearbeiteten Äcker von der Größe eines Taschentuchs, beschnitten Obstbäume, sammelten Pilze, Blau- und Brombeeren und heizten mit Holz, das in der Umgebung mehr als ausreichend zu finden war. Sie verehrten ihren Wohltäter, flochten ihm Weidenkörbchen und benannten den größten Teil ihrer männlichen Nachkommenschaft nach ihm. Im Winter vertrieben sie sich die Zeit mit Brandmalerei und veranschaulichten auf den Brettern ihre Vorstellungen von einem Leben in Amerika mit seinen Wolkenkratzern, Raketen, riesigen Wasserfällen, dem Grand Canyon und den in der ganzen Welt bekannten Stars.

Auf Initiative des Bürgermeisters Albert Pneu hatte man vor zwanzig Jahren ein Museum zu Ehren von Clébac Darouin eingerichtet, welches das gesamte Leben des Helden von Neuville dokumentierte. Die Ausstellung enthielt Kleinigkeiten, die er bei seinen Aufenthalten im Dorf zurückgelassen hatte – einen Zahnstocher, ein Stück benutzte Seife und ein paar mehr oder weniger gefüllte Taschentücher sowie seine Briefe, die Fotokopien der an das Rathaus adressierten Schecks, mehrere Gemälde, die den Flugzeugabsturz und die Taufe auf der Ladentheke darstellten, einen Handschuh von Milady und den Pilotenschal seines Vaters Winston. Abgesehen von der ortsansässigen Bevölkerung hatte noch niemand jemals Anstalten gemacht, das pompös auf den Namen »Clébac Museum of Souvenir« getaufte Etablissement besuchen zu wollen. Nach dem Tod des Widmungsträgers ließ der Gemeinderat ein Schild mit der Aufschrift »REMEMBER!« aufstellen, das ein paar einfache Gemüter für den Hinweis »Krankenhaus, bitte Ruhe!« in einer fremden Sprache hielten.

Die Neuviller ließen sich nicht lange bitten, Clébac Darouins Wünsche waren ihnen von jeher Befehl gewesen. Sie gehorchten nicht. Nein, viel besser: Sie akzeptierten. Mit vollstem Vertrauen. Bisher hatte es noch nie Anlass zur Klage gegeben. Albert Pneu murmelte so laut, dass man ihn selbst in einiger Entfernung noch verstehen konnte, er »müsse sich Vorwürfe machen, wenn er auch nur eine Sekunde zögern würde«.

»Eine wirklich nette Idee«, fuhr er fort.

Er predigte vor längst überzeugten Menschen. Die Bürger von Neuville lernten von Kindesbeinen an, sich an der Natur zu orientieren. Und zwar ausschließlich an der Natur in der näheren Umgebung ihres Dorfes. Die Welt jenseits davon war allenfalls eine Schimäre, bei deren Einschätzung sich Ungläubigkeit und Skepsis die Waage hielten. Natürlich gab es Amerika, das Amerika Clébac Darouins, aber niemand konnte sich vorstellen, wie dort der Alltag aussah und ob es sich tatsächlich um ein echtes Land handelte oder doch nur um eine Erfindung der Filmindustrie oder eine Schöpfung zur Befriedigung der Bedürfnisse der Dynastie Darouin.

Um ehrlich zu sein, war Amerika für sie so etwas wie das Wohnzimmer von Clébac, etwas, das man unter einer Lampe oder auf einem Billardtisch aufstellte, ein Modell oder ein Gegenstand mit einem Preisschild, hineingesteckt wie in der Metzgerei ins Fleisch.

»Da fehlt aber noch was«, brummte Napoléon Beloeil. »Was sollen wir denn jetzt mit den Toten vom alten Friedhof machen?«

Der Notar erklärte ohne Umschweife, diese Frage würde auf Seite 17 der Broschüre behandelt, für nähere Informationen möge man sich diese bitte zu Gemüte führen. Im Großen und Ganzen, so sagte er, lief es darauf hinaus, dass die Überreste der auf dem alten Friedhof beerdigten Toten in die ihnen zugedachten Sarkophage der neuen Mausoleen überführt werden sollten.

»Er hat vorgesorgt. Mister Darouin hat alle Namen auf den Grabsteinen erfasst, Sie brauchen sich keine Sorgen zu machen. Keine Familie wird getrennt. Mister Darouin ist sehr amerikanisch vorgegangen. Er hat nichts dem Zufall überlassen.«

Der Bürgermeister, der als Einziger im Dorf eine Meinung hatte, weshalb er auch zum Bürgermeister gewählt worden war, bestätigte vehement, dass es keinen Grund gäbe zu zögern, dass alles korrekt erscheine und dass er von der Bevölkerung ein »freimütiges und entschiedenes Ja« erwarte. Die Formulierung kam den Ältesten unter ihnen bekannt vor, doch sie konnten sich nicht mehr an den Zusammenhang erinnern.

»Im Übrigen«, fügte der Bürgermeister hinzu, »hat man dem letzten Willen eines Verstorbenen Folge zu leisten.«

Er war stolz auf seine Äußerungen, die ein entscheidendes Argument beinhalteten, das einzuflechten ihm so elegant und taktvoll gelungen war. Der Notar nickte eifrig. Er stimmte dem Bürgermeister vollinhaltlich zu.

»Ich verstehe nicht ganz, was wir davon haben«, sagte Marron Tousseul.

»Hättest du nicht gern ein hübsches Grab? Zeit deines Lebens haust du in einer Bruchbude, die dir fast über dem Kopf zusammenbricht. Sieh doch nur, welch wundervollen kleinen Palast du nach deinem Tod bewohnen darfst! So etwas Schönes hat selbst an der Küste kein Lebender.«

»Ist es denn wichtig, wie man wohnt, wenn man tot ist?«, grummelte Marron Tousseul.

»Klar ändert sich dann einiges. Aber es ist doch gut, wenn sich im Tod alles zum Besseren wendet. Außerdem ist es eine Frage des Stolzes. Schöne Gräber bewundert und respektiert man. Jeder denkt, dass der Typ, der in einem solchen Grab liegt, zu Lebzeiten ein toller Kerl gewesen sein muss, weil man ihm ein so schönes Grabmal errichtet hat.«

Aber Marron Tousseul diskutierte ohnehin nur um des Diskutierens willen. Sein Entschluss stand längst fest. Er war ein Demokrat der alten Schule und schloss sich grundsätzlich der Mehrheit an. Seiner Ansicht nach tendierte eine schöne Mehrheit in Richtung Einstimmigkeit und war perfekt, wenn sie sich mit dieser deckte. Tousseul hatte es sich zur Aufgabe gemacht, diese Perfektion herbeizuführen. Es war ein Prinzip, gegen das er nie verstieß.

»Gut. Ich wollte mich auch keineswegs der allgemein herrschenden Ansicht entgegenstellen und bin natürlich voll und ganz mit Clébac Darouins Testament einverstanden, dem es an keiner Stimme fehlen darf.«

»Bravo!«, beglückwünschte ihn der Bürgermeister.

Und weil es sie nichts kostete, applaudierten alle Dorfbewohner zum Beweis ihrer »freimütigen und entschiedenen« Zustimmung, wie sich der Bürgermeister noch lange Zeit danach gern erinnerte. Der Notar verkündete, dass die Arbeiten gleich am nächsten Tag beginnen würden.

Von nun an wurde das Terrain von Vermessungsingenieuren, Architekten, riesigen Maschinen, einem Heer behelmter Arbeiter, wuchtigen Baggern, mächtigen Erdhaufen und Tonnen bearbeiteter Steine aus der gesamten Europäischen Union belagert. Die Bewohner fanden, dass man für einen Friedhof ganz schön viel Aufwand trieb, doch sie verfolgten den Fortschritt der Bauarbeiten mit wachsendem Interesse. Hier fand ein Schauspiel statt, das sie sich mit ihren intellektuellen Fähigkeiten niemals hätten ausmalen können. Seit jeher hatte die Langsamkeit einen großen Teil des Dorflebens bestimmt. Was man heute nicht schaffte, konnte man vielleicht im nächsten Jahr, in zehn Jahren oder möglicherweise auch niemals erledigen, denn nichts ist wirklich wichtig, wenn die Teller gefüllt sind, genügend Brennholz für die schlechte Jahreszeit vorhanden ist und man sich am Abend in ein Bett legen kann, das entweder vom vertrauten Körper eines Ehepartners oder dem eines zwar illegitimen, aber dennoch guten Kameraden angewärmt ist. Napoléon Beloeil beispielsweise hatte nie geheiratet. Nicht, dass er besonders hässlich gewesen wäre oder mit einem abstoßenden Makel behaftet. Er hatte einfach mit der Entscheidung gezögert, und so war ihm die Gelegenheit durch die Lappen gegangen. Das nächste ehetaugliche weibliche Wesen war noch keine dreizehn, was bedeutete, dass er sich noch lange gedulden musste, viel zu lange. Daher ließ er sich die Avancen der Witwe des Müllers Dorval gefallen, einer Schelmin, die er auf Anfrage, zumindest jedoch jeden Samstag – dem großen Badetag – gern beglückte. Napoléon Beloeil war stolz, weil sein Mausoleum als Erstes in Angriff genommen worden war und schon richtig gut aussah. Die anderen beglückwünschten ihn mit Handschlag. Es war wirklich ein außergewöhnliches Grabmal.

»Ich staune noch immer, dass es so groß ist«, wunderte sich Napoléon Beloeil. »Auf dem Foto ist das gar nicht zu erkennen. Wäre es ein Stall, könnte man gut und gern zwölf Kühe darin unterbringen.«

»Das kostet bestimmt eine ordentliche Stange Geld«, flüsterte die schöne Müllerin an seiner Wange.

»Ja, teuer ist es sicher. Vor allem, wenn man bedenkt, dass darin nur unwichtige Tote begraben werden sollen ...«

»Vielleicht war Clébac Darouin der Meinung, dass wir doch ein bisschen wichtig sind. Die Menschen, die an dem Ort leben, wo man geboren wird, sind doch auch irgendwie die Familie. Zumindest sehe ich das so.«

»Trotzdem finde ich, dass es ganz schön groß ist. Ich werde mich da drin ziemlich einsam fühlen.«

»Aber die Knochen deiner Eltern und Großeltern kommen doch auch mit hinein. Hat der Notar gesagt.«

»Ich weiß. Aber es ist doch etwas anderes, als zusammen mit Gleichaltrigen tot zu sein. Du wirst bei deinem Mann begraben, für dich ist das Problem gelöst. Ich aber werde allein sein. Wie ein krankes Tier, ganz allein in diesem riesigen Ding. Nicht, dass es mich ärgert, aber ein bisschen stören tut es mich schon.«

Diese Diskussion auf dem Kopfkissen führten sie bei jedem ihrer Treffen von Neuem – manchmal vor und manchmal nach den kleinen Vergnügungen, die sie sich gönnten. Die Witwe Dorval tröstete Napoléon Beloeil. Sie sah seine verschwörerische Miene, eines Tages würde er sie bitten, sein Mausoleum mit ihr zu teilen. Vielleicht würde er sogar so weit gehen, um ihre Hand anzuhalten. Doch darauf legte sie keinen Wert. Mehr als zwanzig Jahre hatte sie mit dem Müller zusammengelebt, und sie war der Meinung, dass die mit einem Mann verbrachte Zeit innigere Verbindungen knüpft als solche, die nur auf Gefühlen beruht. Warum, das hätte sie nicht erklären können. Es war ihre eigene Wahrheit, die sie aus den Lektionen des Lebens gelernt hatte.

Davon abgesehen liebte sie Napoléon Beloeil. Sie liebte ihn wirklich von Herzen. Hätte er sie gebeten, ihm bis ans Ende der Welt zu folgen, hätte sie keine Sekunde gezögert. Für ihn wäre sie bereit gewesen, Neuville, ihre Vergangenheit, ihre Mühle und die sterblichen Überreste ihres Gatten zu verlassen, dessen Grab sie zweimal im Jahr, namentlich an Allerheiligen und an seinem Geburtstag, mit Blumen schmückte.

»Ich liebe dich, Napo«, sagte sie. »Du machst mich heiß und hast mich völlig verzaubert. Du könntest alles von mir haben – nur bitte mich nie, an einem anderen Ort tot zu sein als im Grabmal meines Mannes.«

Darum hatte er sie im Übrigen auch nie gebeten. Sie war es, die das Thema aufgebracht hatte. Zwar verzog er daraufhin mürrisch das Gesicht, doch sie wusste, wie sie seine Laune rasch verbessern konnte.

Während ihrer zärtlichen Geplänkel schossen auf dem Friedhof die Grabmale wie Pilze aus dem Boden. Es war wie eine fantastische Stadt, die von Tag zu Tag größer wurde und neben der das Dorf geradezu schäbig wirkte. Einige Mausoleen bestanden aus mehreren Stockwerken, »um keine Monotonie aufkommen zu lassen«, wie es in der Broschüre hieß. Andere wiederum wuchsen eher in die Breite, »um die Fluchtlinie zu durchbrechen.« Die Form der Dächer oder der Öffnungen variierte abhängig von den architektonischen Kriterien, die selbst vor dem Hintergrund der Gefahr, merkwürdig oder exzentrisch zu erscheinen, einer gewissen Originalität und Einzigartigkeit den Vorzug gaben.

Die Neuviller waren zwar kein sonderlich misstrauisches Völkchen, aber sie wussten gern über alles Bescheid. Daher gingen sie schnell dazu über, den Fortgang der sie ganz persönlich betreffenden Arbeiten aus nächster Nähe zu kontrollieren. Sie maßen Grundstücke aus, zählten Zementsäcke, prüften die Qualität des Sandes und der verwendeten Steine und verbrachten viel Zeit damit, lange Berechnungen auf Papier zu kritzeln. Jeder machte sein Grabmal zur persönlichen Angelegenheit. Nach und nach wurde ihnen bewusst, dass sie in ihrem Mausoleum mehr Zeit verbringen würden als in ihrem Wohnhaus. Ein Haus ist für den Menschen nur eine vorübergehende Bleibe, und der provisorische Zustand des Mauerwerks passt problemlos zu seiner Vergänglichkeit. Ein Grab hingegen, so wurde ihnen schnell klar, benötigt Perfektion, darf keine Formfehler aufweisen und muss solide genug sein, dem geheimnisvollen Begriff der Ewigkeit Rechnung zu tragen.

Nachdem auch der letzte Grashalm millimetergenau auf dem Rasen des letzten Grabmals eingepflanzt worden war, wurden die Dorfbewohner eingeladen, ihren neuen Friedhof zu begutachten. Sie zogen ihre besten Sonntagssachen an, begossen sich mit Duftwässerchen, wienerten ihre feinsten Schuhe auf

Hochglanz und machten sich in einer langen Prozession auf den Weg zum Tor des großen Gartens, wo sie von den Architekten, dem Notar und verschiedenen Repräsentanten der Clébac-Darouin-Stiftung wie Gewinner einer Fernsehshow empfangen wurden. Gemeinsam besuchte man ein Grabmal nach dem anderen. Spezialisten erklärten die Allegorien, welche die Wände schmückten. Vor allem die angenehm kühlen Kellergeschosse begeisterten die Neuviller. Den Frauen gefielen die integrierten Leuchtertische und die in die Wände eingelassenen Vorsprünge für Blumenvasen. Die Männer fachsimpelten voller Lob über die Verfugung der Fliesen und die pfiffige Lösung, die Lüftungsschlitze in einem Löwenmaul oder einem Elefantenrüssel zu verbergen. Jedes Grabmal verfügte über Strom und fließendes Wasser.

»So muss niemand zum anderen Ende des Friedhofs laufen, wenn er das Blumenwasser wechseln will«, erklärte der Polier. »Man schüttet das abgestandene Wasser einfach in diese Schale, die als Waschbecken dient und dreht dann den kleinen Vogel, der aussieht, als wolle er trinken – wie Sie sehen, kommt Wasser aus seinem Schnabel. Man reinigt die Vase und füllt sie mit sauberem Wasser. Genau wie in Amerika.«

Auch der Strom war nicht umsonst installiert worden. So waren sie Wände innen und außen mit hübsch leuchtenden Figuren dekoriert, von denen manche blinkten oder ein passendes Musikstück erklingen ließen. Die Grabsteine wurden von Motoren bewegt, die mit Drehbewegungen auch die Statuen einiger in mit Pailletten verzierte Jabothemden und Westernstiefel im Pampastil gekleideter Heiliger antrieben.

»Wahrscheinlich ist das modern«, mutmaßten die Neuviller.

Sie trauten sich nicht, laut auszusprechen, dass ihnen altmodische Dinge wie Eichenbalken, der jährliche Postkalender und Wagenräder über dem Kamin besser gefielen.

»Das Moderne ist auch gut«, erklärten sie mit einer Überzeugung, die die Betonung auf dem »auch« Lügen strafte.

Von Clébac Darouins Grabmal aus wurden Reden gehalten. Es besaß eine Art Balkon, der bei Bedarf als Kanzel oder Podest zweckentfremdet werden konnte. Der Bürgermeister verlieh seinem Stolz über »das neue Glanzstück« beredt Ausdruck, und sein Stolz war echt. Als er den Blick über den Friedhof schweifen ließ, trat eine kleine Träne in seinen Augenwinkel, die er nicht mit dem Handrücken wegwischte, wie man es üblicherweise tut, um zu demonstrieren, dass man wirklich weint. Der Bürgermeister stützte sich auf die Brüstung, hielt sich sehr gerade und hob den Kopf. Jeder konnte die Träne auf seiner Wange sehen, die dort im Licht erzitterte. Dann fiel er um.

Den Neuvillern blieb nichts weiter, als seinen Tod festzustellen. Sie begriffen, dass sein Herz der Rührung nicht standgehalten hatte, und niemand machte ihm einen Vorwurf daraus, dass er nicht bis zum nächsten Tag gewartet hatte, auch wenn die festliche Stimmung nun dahin war. Zwar reichte man trotz allem den Einweihungswein, wo die Flaschen schon einmal offen waren, aber laute Trinksprüche und fröhliches Gerempel blieben aus. Die Leiche des Bürgermeisters wurde provisorisch in dem Grabmal zwischengelagert, das ihm von Rechts wegen zustand, und zwar auf einer eigens für diesen Zweck vorgesehenen Steinplatte. Der Schreiner brauchte jedoch gar nicht Maß zu nehmen, weil ihm einfiel, dass sein Schwager, der sechs Monate zuvor gestorben war, ebenso groß und bis auf ein Kilo ebenso schwer gewesen war wie der Bürgermeister.

Die Frau des Bürgermeisters weinte, wie es sich gehört. Mehrere Männer lösten sich ab, ihr anzubieten, ihr in ihrer Trauer beizustehen, und sie, sollte der Schmerz allzu heftig werden, auch mit Körpereinsatz zu trösten, so wollte es der Brauch im Dorf. Allerdings erwies sich Odette als außergewöhnlich untröstlich. Sie lehnte alle gut gemeinten Hilfsangebote ab, flehte den Himmel an, ihren Gatten ins Leben zurückzuholen, vergoss literweise Tränen und gebärdete sich ausgesprochen unruhig auf der kleinen Bank im Totenzimmer.

Dabei spürte sie, wie sich in der Tiefe ihres Herzens eine große Gelassenheit ausbreitete. Sie fühlte sich glücklich, dass sie mit ihrem Gatten an einem derart niedlichen Ort verweilen durfte. Sie dachte »niedlich«, obwohl ihr bewusst war, dass dieses Adjektiv nicht unbedingt geeignet erschien, ein Grabmal zu beschreiben. Aber ein anderes Wort fiel ihr nicht ein, und daher blieb sie bei »niedlich«, weil es immerhin annähernd das ausdrückte, was sie meinte.

Als sie am Abend schließlich allein war und beobachtete, wie sich die Nacht flockengleich sanft herniedersenkte, wandte sie sich mit einem nicht enden wollenden Monolog an den Verstorbenen. Sie ließ ihr gemeinsames Leben Revue passieren, versicherte ihn des Fortbestands ihrer Gefühle für ihn, wünschte ihm, geradewegs in den Himmel zu kommen, und beneidete ihn darum, fortan in einem Palast wie aus Tausendundeiner Nacht wohnen zu dürfen.

Gegen zehn Uhr abends hakte Vater Fricoteau sie unter und brachte sie nach Hause. Dabei kam er ihr ziemlich nah und schlug ihr sogar vor, sie mit einer Wärmflasche und einem Glas Schnaps zu Bett zu bringen, was sie jedoch rundheraus und zutiefst indigniert ablehnte.

»Es war ja nur ein Vorschlag. Ich weiß schließlich, wie schwer das Leben für eine alleinstehende Frau ist.«

»Ich muss aber doch bei meinem armen Mann Totenwache halten«, schluchzte Odette.

»Keine Sorge, wir haben alles organisiert. Der Herr Bürgermeister wird keine Minute allein sein. Es ist immer jemand bei ihm, der die nötigen Gebete beherrscht und sich nicht geniert, sie auch zu sprechen.«

»Sie sind ein guter Mensch, Monsieur Fricoteau.«

»Ich hole Sie morgen wieder ab. Nicht zu früh und nicht zu spät.«

Während er sprach, stieß er die Tür zum Haus des Bürgermeisters auf, zog die Witwe den Flur entlang, setzte sie in einen Sessel vor den Küchenherd und kniete vor ihr nieder, um ihr die Schuhe auszuziehen. Odette schien von ihrem Schmerz so geschwächt, dass sie nicht den geringsten Widerstand leistete. Sie seufzte. Genau genommen war es die Müdigkeit, die in ihr seufzte.

»In letzter Zeit geriet er leicht außer Atem«, murmelte sie wie zu sich selbst. »Ich traute mich kaum, ihn danach zu fragen. Mir war klar, dass sein Herz ihn eines Tages im Stich lassen würde. Kurz und schmerzlos, ein Mann der Tat.«

»Er hat sich nie geschont«, sagte Fricoteau, während er die Knöchel der Witwe massierte. »Aufgerieben hat er sich. Er wollte einfach alles machen.«

Ohne das Kneten der Knöchel zu unterbrechen, brachte er erneut Wärmflasche und Schnaps ins Gespräch, die er ihr bringen könnte, sobald sie im Bett lag. Als er wieder aufblickte, hatte sie die Lider geschlossen. Von Gefühlen überwältigt war sie eingeschlafen und ließ ein rührend leichtes Schnarchen hören. Fricoteau profitierte von ihrer plötzlichen Schläfrigkeit und dehnte seine Massage auf die Waden aus, von denen aus er zu anderen gefälligen Zonen vorzudringen gedachte. Seine Finger wurden kühner.

Mit einer Hand erkundete er verstohlen die mollige Wärme, die sich zwischen Odettes Rundungen und Kurven darbot. Mit der anderen streifte er den Stoff ihres Kleides zurück, rollte ihn zusammen und faltete ihn mit so viel Geschick, dass er freie Sicht hatte und sich in den verwirrenden Konturen der frischgebackenen Witwe zurechtfinden konnte. Von Zeit zu Zeit hielt er den Atem an und verharrte in Unbeweglichkeit, um die Tiefe des Schlafs dieser vom Unglück getroffenen Frau zu prüfen. Unschuld des Schläfers, dachte er, als er feststellte, dass sie sich vorbehaltlos seinen forschenden Händen überließ.

»Odette? Schlafen Sie?«, fragte er mehrmals. »Schlafen Sie, Odette?«

Als sie nicht reagierte, wurde ihm klar, dass sie vermutlich nichts dagegen hatte, wenn er noch ein wenig weiter ging. Vielleicht sogar viel weiter, zumindest war das die Bedeutung, die er ihrem Schlummer beimaß. Und natürlich wollte er unbedingt vermeiden, dass sie ungeduldig wurde. Schon bald öffnete er seinen Gürtel, knöpfte seine Hose auf, ließ sie hinunter und drang ins Innere der Witwe ein.

Der Bürgermeister wurde mit sämtlichen Ehren begraben, die einem Mann seines Standes zustanden. Die beiden Feuerwehrleute führten den Trauerzug mit brennenden Fackeln an. Eine Majorette, deren Kostüm man mit einer schwarzen Binde versehen hatte, ließ ihren Bâton in Zeitlupe kreisen. Das gesamte Dorf nahm im Sonntagsstaat an der Zeremonie teil und unterstützte die Witwe, die in der Blüte ihrer Jahre vom Schicksal heimgesucht worden war. Odette kannte die Gebräuche und versank von Zeit zu Zeit in einen hoffnungslosen Zustand, in dem sie den Himmel anflehte, sie der Trostlosigkeit des irdischen Daseins und ihres Schmerzes zu entreißen.

»Nimm mich! Nimm mich!«, rief sie.

Fricoteau, der sich nicht allzu weit entfernt aufhielt, ahnte, dass dieses Gebet ihm galt, woraufhin verschiedene Stellen seines Körpers sogleich von Hitzewellen durchströmt wurden.

Nachdem der Sarg des Bürgermeisters in die Gruft hinabgelassen worden war, verteilten sich die Familien mit kleinen, respektvollen Schritten auf den Wegen des Friedhofs. Jede ergriff die Gelegenheit beim Schopf, einen Blick auf das Grabmal zu werfen, das ihnen der große Clébac Darouin in seiner unendlichen Güte hatte zukommen lassen. Die Verwegensten unter ihnen setzten sich auf Bänke und unterhielten sich über Nichtigkeiten. Alle waren der Ansicht, dass es sich in den Mausoleen besser leben ließ als in den alten Bruchbuden, in die ihre Armut sie seit Generationen verbannte.

»Hier ist es viel heller«, sagte einer. »Die Tür und die Fenster sind schön groß.«

»Und der Marmor braucht nicht viel Pflege. Einmal drübergewischt, schon ist es sauber«, sprach ein anderer.

»Wir hätten jeder ein eigenes Zimmer«, riefen die Kinder.

»Außerdem ist der Keller schön kühl«, meinte der Vater. »Dort hält sich der Wein bestimmt gut.«

Und so weiter. Alle waren voll des Lobes für ihr Grabmal. Sie wiegten die Köpfe, lächelten versonnen und blickten sich aufmerksam um, während sie von einer Wand zur anderen durch die Räume streiften und einander in den Fluren entgegengingen, als wollten sie sich davon überzeugen, dass es hier mehr Platz als genug gab zum Umherwandern, ohne sich anzurempeln.

»Es wäre schon seltsam, wenn einem das nicht gefiele«, seufzte einer.

»So viel Platz. Der wahre Luxus!«

Lediglich Napoléon Beloeil trug eine verdrossene Miene zur Schau. Die Frau des Müllers hatte ihn in das Grabmal der Dorvals geschleppt, wo die Gebeine des Müllers demnächst die letzte Ruhe finden würden.

»Mein armer Mann wäre stolz gewesen, wenn er gewusst hätte, dass er seinen letzten Schlaf in einem so prächtigen Gebäude abhalten darf. Er war manchmal ein wenig eitel und legte großen Wert auf Kleidung. Zu seinem vierzigsten Geburtstag habe ich ihm ein Panzerarmband geschenkt. Er legte es um und betrachtete sich im Spiegel. Das Armband stand ihm gut, da kann man nichts sagen. Ich habe ihn damit begraben.«

Der entzückte Wortschwall ärgerte Napoléon Beloeil. Einige Worte brachen ihm fast das Herz. Am liebsten wäre er an der Stelle des Müllers gewesen, ausgestreckt in einem mit Liebe ausgewählten Sarg, schön anzusehen in seinem von der weinenden Müllerin höchstselbst geplätteten Anzug und mit einem

Armband, das dem Aufzug etwas Schneidiges und Wertvolles verlieh.

Im Gegenzug begleitete die Müllerin ihren Liebhaber zu seinem letzten Ruheplatz. Sie ahnte, dass er erneut sein Schicksal beklagen würde, einsam wie ein Hund verscharrt zu werden, und vermutlich versuchen würde, ihr eine gemeinsame Totenruhe unter dem gleichen Marmor schmackhaft zu machen.

Als er jedoch schwieg und nur bockig vor sich hin starrte, schmiegte sie sich schmeichelnd an ihn und flüsterte ihm ins Ohr:

»Woran denkst du, Napo?«

Er atmete die nach Gras duftende Luft ein, die durch die große Tür hereinströmte, und sagte:

»Ich habe nachgedacht.«

»Was meinst du, liebster Napo? Er oder ich?«

»Was ich gesagt habe, gilt. Entweder bleibst du bei deinem Mann, oder du bleibst bei mir.«

»Mein Mann ist tot. Einen Toten kann man nicht verlassen.«

»Was ich gesagt habe, gilt.«

»Verlass mich nicht. Bitte Napo, verlass mich nicht.«

Sie bettelte der Form halber. Er war nicht die Sorte Mann, die mit der mehr oder weniger einzig verfügbaren Frau der gesamten Umgebung brach. Um ihn zu beruhigen, schmiegte sie sich an ihn und legte jene etwas sentimentale Freundlichkeit an den Tag, die ihm ganz besonders gefiel. Er schützte Widerstand vor, gab sich jedoch keiner Illusion hin.

»Nicht hier«, flüsterte er. »Nicht auf meinem Grab.«

»Ich würde es gern einmal ausprobieren«, flüsterte sie und biss ihn sanft ins Ohrläppchen. »Wir haben es noch nie in einer so luxuriösen Umgebung getan. Es ist fast wie in einem Hotel, nein, wie in einem Palast.«

»Trotzdem ist es mein Grab, und ich halte nichts davon, es zu entwürdigen.«

Mit zärtlich geneigtem Kopf schob sie ihn auf den Marmortisch in der Mitte der Grabkammer zu. Sie war Witwe und unterhielt somit eine recht persönliche Beziehung zum Tod, zu dessen Familie sie sozusagen gehörte. Daher nahm sie für sich das Recht in Anspruch, ohne vorheriges Klopfen einzutreten – wie in das Haus, das ihr zur Hälfte gehörte.

»Sicher ist es ganz anders als zu Hause«, fuhr sie fort. »Wir würden uns plötzlich wie im Urlaub fühlen. Findest du nicht, dass es hier sehr angenehm ist?«

Er war dankbar, dass ihr gefiel, was zwar in der Zukunft lag, aber schon jetzt seine letzte Bleibe war. Ihre Worte berührten sein Herz. Gehorsam ließ er sich auf den Tisch sinken und spürte, wie sich die großen, in Bronze gegossenen Buchstaben seines Namens in seinen Rücken bohrten. Er ging davon aus, dass sie auf ihm reiten wollte. Schnell stellte sich heraus, dass er mit seiner Vermutung richtiglag.

Die Sache mit dem Friedhof von Neuville war nicht publik gemacht worden – weder von den Bewohnern, die ihre Ruhe liebten, noch vom Notar, der keinen Sinn darin gesehen hatte. Trotzdem tauchten kaum einen Monat nach dem Tod des Bürgermeisters in den Straßen des Dorfes die ersten Besucher auf. Es waren Sonntagsausflügler auf der Suche nach neuen, ausgefallenen Zielen, die ihre Begierde zu staunen mit dem Besuch von Schlössern, Museen, Landgasthöfen und besonderen Aussichtspunkten befriedigten.

Jahrhundertelang hatte Neuville nicht einen einzigen Touristen angelockt. Zum einen, weil es wirklich nichts zu bestaunen gab, und zum anderen, weil der Ort so weit von der Nationalstraße entfernt lag, dass selbst Autofahrer, die sonst nicht so sehr auf den Benzinverbrauch achteten, den Weg scheuten. Hinzu kam, dass zwar kaum etwas über die Einwohner von Neuville bekannt war, ihre Gastfreundschaft jedoch nicht den besten Ruf genoss. Die wenigen Historiker, die das Dorf in ihren Jahrbüchern zu erwähnen gewagt hatten, sprachen mit geringschätziger Ironie über Neuville. Sie zitierten frei erfundene, boshafte Sprichworte, die das Gerücht nährten, die Bauern des Tales lebten wie in grauer Vorzeit und gäben sich allerlei ungesunden Praktiken hin.

»Wo kommen denn diese Witzfiguren her?«, knurrte René Vendrèche und stützte sich auf die Viehtränke, die man zwischenzeitlich zum Blumenkübel umfunktioniert hatte. Der Gemeinderat hatte ihn gebeten, bis zu den nächsten Wahlen als Interimsbürgermeister einzuspringen. Er sei ein Spinner in Reinkultur, hieß es. Seine Physiognomie entsprach der eines Plattfischs, und er besaß eine Art von Dummheit, die selbst die Gewitztesten nicht begriffen. Manchmal gab er einen Unsinn von sich, der an Banalität seinesgleichen suchte. So konnte es geschehen, dass er in einer Diskussion Dinge äußerte wie: »Stühle sind dazu gemacht, Beine zu haben.« Oder auch: »Der Schatten der Leiter ist dazu verdammt, hinter Gittern zu sein.« Bei solchen Geistesblitzen verschlug es seinen Gesprächspartnern gerne einmal die Sprache.

Er hatte seine eigenen Worte, aber sie klangen zumindest gebildet. Er war in der Lage, Sätze wie »Die elaborierte Klimaperspektive auf Basis restriktiv erforderlicher Kultivierungsbereitschaft erfordert eine Aktivationskompensation folgerichtig verlesener Verzichtsuntermauerung« auszusprechen, ohne ins Stocken zu geraten. Die Heldentaten, von denen er nach einigen Gläsern Bier zu viel zu berichten wusste, wenn er bei Matouillet – dem konkurrenzlosesten Unternehmen von ganz Neuville – über dem Tresen hing, untermauerten seinen Ruf.

Während sein Blick dem Wagen folgte, der mitten auf der Straße wendete und in Richtung des neuen Friedhofs fuhr, dessen Türme vom Platz aus zu sehen waren, dachte er über eine mögliche Gemeindeverordnung nach und forschte im komplizierten Innenleben seines Kopfes nach einem Ausdruck, der das Unbehagen beschrieb, welches ihn beim Anblick dieser Fremden befiel.

»Die Nektarinen fliegen ganz schön tief in diesem Jahr«, dachte er, was seiner Ansicht nach ungefähr das enthielt, was er zu sagen hatte.

Als er gerade dabei war, den wertvollen Gedanken wieder zu vergessen, der Nektarinen und gewisse Höhenlagen in ein und denselben Kontext brachte, schoss der Wagen aus der Gasse neben dem Friedhof und rollte neben der Kirchenmauer aus. Durch die heruntergelassene Seitenscheibe produzierte ein dickes, blondes Gesicht etwas, das wie ein Fragesatz klang, geäußert in der manierierten Ausdrucksweise der Stadt.

»Ist der neue Friedhof geschlossen?«

»Auf Bitten der Bewohnerschaft.« René Vendrèche nickte. »Warum fragen Sie?«

»Wir wollten ihn besichtigen, weil wir schon viel über die architektonischen Besonderheiten gehört haben.«

»Der alte Friedhof ist geöffnet.«

»Da gibt es aber nichts zu sehen«, beschwerte sich der Tourist.

»Nur Tote, was auf einem Friedhof aber eigentlich ganz normal ist.«

Jemandem wie René Vendrèche war beim besten Willen keine Information zu entlocken. Ohne wirklich auf eine Antwort zu hoffen, erkundigte sich der Tourist jedoch erneut, warum der neue Friedhof verbarrikadiert sei wie eine Festung. Und zu seinem Erstaunen erklärte René Vendrèche Folgendes:

»Zum Schutz des Kulturguts.«

Sein Gegenüber klimperte mit den Wimpern. Er verstand ganz offensichtlich nichts und stotterte, man habe ihm erzählt ... es gäbe Leute, die hätten ihm erzählt ... es existierten Gesetze, die ... also, auf jeden Fall müsse ein Friedhof der Öffentlichkeit zugänglich sein.

»Dieser da ist aber ein Privatfriedhof«, teilte René Vendrèche dem Mann mit und versenkte einen Finger in seiner Nase.

Er verspürte einen ganz und gar uneitlen Stolz, dass er mit diesen Fremden zurechtgekommen war und sich als Wortführer der Gemeinde Neuville bewiesen hatte. In der letzten Gemeinderatssitzung war das Problem des Friedhofs angesprochen worden. Man hatte festgestellt, dass einige Neuviller ihr Grabmal inzwischen sozusagen bezogen hatten, während andere es am Samstag und Sonntag gern als Wochenendhaus nutzten. Es handelte sich hier zwar nicht um die Mehrheit, aber wenn man nicht achtgab, könnte das Verhalten dieser wenigen die anderen vielleicht ermutigen, und dann würden innerhalb eines Jahres alle Dörfler auf dem Friedhof wohnen.

»Und das wäre der Tod des Dorfes«, prognostizierte man düster.

Mehrere ortsansässige Persönlichkeiten, wie zum Beispiel Balthazar, der Chef des Spielmannszuges und Vater einer der beiden Majoretten, hatten sich ob des Migrationsphänomens sehr bewegt gezeigt. Alias Rangout, der Bäcker, beurteilte die Umsiedlung, welche die Bevölkerung vom Ortskern und damit von der Bäckerei entfernte, auch nicht unbedingt positiv. Hinter den beiden stand ein nicht zu vernachlässigender Anteil der Bevölkerung: die Abergläubischen, diejenigen, die es nicht so eilig hatten, einige Leute, die besser wohnten als die anderen, Geschäftsleute mit eigenem Laden, Handwerker; kurz und gut viele Personen von Stand, die gern zur öffentlichen Meinung beitrugen.

Niemand hatte gewagt zu protestieren. Und doch gab es erkennbare Vorbehalte, ein sichtliches Schmollen und ein paar schräge, aber gehässige Blicke. Man verhielt sich untereinander von nun an weniger freundschaftlich. Man grüßte seltener. Von einem auf den anderen Tag blieben Stammgäste dem Bistro fern und tranken ihr Bier lieber zu Hause vor dem Fernseher. Dabei grübelten sie über unverständliche Vorschriften, und in diesem Zusammenhang kamen ihnen die unflätigsten Worte des Lexikons in den Sinn.

Während Balthazar mit seiner Tochter Monique schlief, einer der beiden Majoretten des Dorfes, summte er ein kleines Lied. Inzest gehörte in dieser Familie zur Tradition, und jeder wusste davon. Die Mädchen waren von frühester Kindheit an daran gewöhnt und konnten dieser Praxis nichts als Vorteile abgewinnen. Mit nunmehr siebzehn Jahren dachte Monique allerdings über ein größeres Maß an Freiheit nach, weil sie inzwischen einen festen Freund hatte. Buh Stoffet arbeitete bei der landwirtschaftlichen Genossenschaft in Sprigny, etwa zwanzig Kilometer von Neuville entfernt, wohin er jeden Morgen mit dem Mofa fuhr.

»Papa, können wir kurz miteinander reden, wenn du gekommen bist?«

Balthazar blieb das Summen im Hals stecken.

»Aber ich bin doch längst gekommen«, sagte er. »Ich habe nur deinetwegen weitergemacht.«

»Ach, weißt du, Papa, für mich ist es okay ...«

»Nun, unter diesen Umständen sollten wir das Tier zurück in den Stall bringen«, keuchte er und zog die Hose hoch.

Während seine Finger sich mit den Knöpfen am Hosenlatz abmühten, berichtete Monique von ihren Gefühlen für Buh Stoffet. Schließlich unterbrach ihr Vater sie mit erhobener Hand.

»Buh ist ein braver Junge«, sagte er. »Ich bin absolut einverstanden. Er macht dich bestimmt glücklich. Und er hat auch was im Kopf – immerhin arbeitet er im Büro. Ich kann dich zu deiner Wahl nur beglückwünschen.«

»Ich wusste, dass du einverstanden sein wirst, Papa.«

»Das Glück meiner Töchter liegt mir eben am Herzen.«

»Das weiß ich doch, Papa.«

Balthazar kannte das Leben. Er bemühte sich grundsätzlich, sein Bestes zu geben – ob im Spielmannszug, im Rathaus oder zu Hause. Manchmal plagten ihn Gewissensbisse wegen der Blutschande, der er nicht selten geradezu widerwillig frönte, um eine seit Menschengedenken bestehende Familientradition aufrechtzuerhalten.

»Es gibt Zeiten, da mache ich mir Vorwürfe, Monique«, sagte er, während er sich auf die Bettkante setzte. »Ich weiß, dass Inzest verwerflich ist. Aber er ist nun einmal das Laster aller Männer in dieser Familie. Bei anderen ist es vielleicht der Alkohol. Oder die Religion. Bei uns eben der Inzest. Du hast dich bemüht, es hinzunehmen, und ich kann nur hoffen, dass es dir nicht zu schwergefallen ist.«

Monique zuckte die Schultern und lächelte. Sie war ein rechtschaffenes Mädchen mit runden Schenkeln, das bei Umzügen die vitale männliche Bevölkerung Neuvilles begeisterte und alle anderen, bis hin zu den allersenilsten Greisen, zum Träumen brachte. Wenn es bei Männern eine Fähigkeit gibt, die sich nie verliert, dann ist es der Sinn für weibliche Schönheit und für die damit verbundenen Vergnügungen.

»Natürlich bin ich dir nicht böse, und das kann ich dir auch beweisen. Du musst nur sagen, wenn du mich noch einmal willst, ehe ich mich endgültig mit Buh Stoffet zusammenschließe. Wann immer du magst. Du hast mir wirklich nie wehgetan.«

»Aber es war nicht richtig. Es gehört sich nun einmal nicht.«

Monique drückte ihrem Vater einen töchterlichen Kuss auf die Stirn. Balthazar jedoch war zutiefst verstimmt. Er ließ die schäbigen Begebenheiten seines Lebens Revue passieren, und die Erinnerungen erfüllten ihn mit Unbehagen – ungeachtet der Porträts seines Vaters und Großvaters, die in einfachen Rahmen an der Wand hingen.

Ja, dachte er, bei diesen beiden war es etwas anderes. Damals gab es keinerlei Zerstreuung im Dorf.

Das Fernsehen war noch nicht erfunden. Ihr Verhalten war entschuldbar. Aber meines? Ich weiß nicht recht. Ich bin zwar ihrem Vorbild gefolgt und müsste eigentlich stolz sein, aber ich bin es nicht.

»Woran denkst du, Papa?«, erkundigte sich Monique.

»Ich fürchte, ich bin kein sehr guter Vater«, flüsterte er und wagte nicht, sie anzuschauen.

In Neuville war es nicht üblich, Verliebtheit in aller Öffentlichkeit zu demonstrieren. Und das galt nicht nur für die Straße, sondern auch für alle anderen Orte, an denen man Bekannten über den Weg laufen konnte. Diese Regel galt so lange, bis die Beziehung zwischen den beiden betreffenden Personen offiziell anerkannt war. Daher wurden Gefühle meist tief in den Wäldern oder weit vom Dorf entfernt gepflegt. Buh Stoffet und Monique trafen sich in einem Hohlweg neben der Straße nach Sprigny. Das junge Mädchen setzte sich auf den Gepäckträger des Mofas, hielt sich an den Federn unter dem Sitz fest und ließ sich in einer betont keuschen Haltung ein paar Kilometer weiter bis zu einer verfallenen Jagdhütte fahren.

Dort hatten sie sich aus Farnblättern, einigen zusammengelegten Kornsäcken, alten Decken und einem Stück Molton ein Bett hergerichtet. Hier, inmitten der Natur, wo sie dank des fehlenden Dachs immer freien Blick auf den Himmel und die Baumwipfel über sich hatten, kuschelten sie miteinander, tauschten ansatzweise poetische Wendungen aus und unterhielten sich ernsthaft über die Zukunft ihrer Liebe.

»Fürs Erste können wir bei meinen Eltern wohnen«, sagte Buh. »In der oberen Etage gibt es zwei Zimmer. Mein Bruder kann mein Zimmer bekommen, da sehe ich eigentlich kein Problem. Wir arrangieren uns, dann finden wir alle Platz.«

Buh hatte gerüchteweise von dem Brauch gehört, der in Moniques Familie zwischen Vätern und Töchtern üblich war. Monique war ein ehrliches Mädchen, und so hielt sie es für selbstverständlich, das Thema dem Mann ihres Lebens gegenüber offen anzusprechen.

»Ich weiß Bescheid«, erklärte Buh mit leicht gerümpfter Nase. »Im Dorf redet zwar niemand darüber, aber jeder weiß es. Mich stört es nicht. Im Gegenteil, mir ist es sogar ganz recht. Dein Vater ist und bleibt dein Vater. Er hat dir nur die familiären Werte vermittelt. Mir ist es so lieber, als wenn du zum Beispiel mit Nanard Pondrôme oder Camille Pugnet geschlafen hättest.«

»Und weißt du was, Buh? Mein Vater hat es eigentlich nur äußerst widerwillig getan. Meine Mutter hat schon oft gesagt, dass mein Vater eigentlich ganz andere Interessen hat. Er spielt viel lieber Karten, kegelt oder trinkt gemütlich seinen Aperitif – die Vergnügen eines ruhigen Menschen eben. Er hat es mit mir gemacht, weil es so sein musste, aber ich habe genau gemerkt, dass er deswegen manchmal traurig war. Ihm war es eher lästig.«

Die beiden gingen offen miteinander um. Sie sagten sich alles, weil sie es so wollten und versprachen sich gegenseitig, es immer so zu halten. Mit einem Wort: Sie befanden sich noch ganz am Anfang ihrer Liebesgeschichte.

Odette Pneu hatte gegen ihre neue Situation als Witwe nichts einzuwenden. Sie stieg aus der Badewanne und stellte sich vor den beschlagenen Spiegel. Mit dem Handrücken rieb sie die Stelle frei, an der ihre Brüste zu sehen waren, und anschließend wiederholte sie das Gleiche ein wenig tiefer unterhalb der Bauchgegend. Sie sah nichts von ihrem Körper als diese gut genährte Brust, deren Nippel sich in der Wärme des Wassers ausgedehnt hatten, und ein üppiges, noch leicht tropfendes Vlies, von dem ein leichter Dunst wie ein Atemhauch aufstieg. Sie dachte an nichts Besonderes. Irgendwie kam es ihr so vor, als ob ihr Geschlecht und ihre Brust zu Körperpartien geworden waren, die mit ihrer wahren Person nichts mehr zu tun hatten. Ohne es explizit zu formulieren, gestand sie ihnen ihre Unabhängigkeit zu. In gewisser Weise entledigte sie sich ihrer, wie man sich Dingen entledigt, die man nicht mehr braucht.

Zu Alberts Lebzeiten hatten diese Körperteile als Mittel zur ehelichen Kommunikation gedient. Mit ihrer Hilfe hatte sich der Ehemann an seine Gattin gewandt, um ihr zu bestätigen, dass er sie auch als Frau anerkannte. Als Witwe jedoch waren die Organe überflüssig geworden. Und so verabschiedete sie sich von ihnen ohne Sentimentalität und mit der Würde, die einer Person ihres Ranges geziemte.

Anschließend schlüpfte sie in ausgesprochen sinnliche Dessous, die sie sehr mochte. Dann stand sie vor der Frage nach den Strümpfen. Sie zögerte. So kurz nach Alberts Tod fürchtete sie, dass Strapse einen blasphemischen Einfluss auf jene Körperregionen ausüben könnten, die sie mit Seide und Spitzen umschlossen. Zwar würde ein weiter Rock sie verbergen, doch ihre Anwesenheit würde sich durch einen besonderen Gang und wiegende Hüften verraten. Odette wusste nicht wieso, aber sie war der Überzeugung, dass eine Frau in Strapsen weniger natürlich durchs Leben schritt als eine, die keine trug. Nach kurzer Überlegung entschied sie sich für schwarze, halterlose Strümpfe, die ihr nüchterner erschienen.

Da sie nicht vorhatte, das Haus zu verlassen, beschloss sie, dass sie eigentlich auf den Büstenhalter verzichten konnte. Sie streifte ein leichtes Baumwollhemd ohne Knöpfe in einem kräftigen, fast schwarzen Violett über, das selbst tiefster Trauer Tribut zollte.

Als sie schließlich im Wohnzimmer stand, fühlte sie sich beinahe atemlos. Sie griff nach ihrem Handgelenk und fühlte ihren Puls. Das Zimmer war sorgfältig aufgeräumt, alles befand sich an seinem Platz. Auf der Anrichte standen ein Porträt von Albert und ein Foto, das ihn während einer Rede vor den Dorfbewohnern auf dem Rathausplatz zeigte. Odette trat ans Fenster, wobei sie darauf achtete, von außen nicht gesehen zu werden, und wartete ruhig wie eine Frau, die genau weiß, was die Zukunft für sie bereithält.

Als Fricoteau unter dem Maronenbaum an der Straßenecke erschien, streckte sie sich behaglich auf dem Sofa aus und nahm eine süße, unschuldige Haltung ein, wobei ihr Rocksaum ein Stück über ihre Knie nach oben rutschte. Und dann schlief sie so tief ein, wie ihre Zwiespältigkeit es ihr gestattete.

Am Nachmittag betrat René Vendrèche, der gerade nichts Besseres zu tun hatte, mit diensteifriger Miene das Rathaus und setzte sich auf Albert Pneus Sessel unter dem Konterfei des Präsidenten der Republik und gegenüber dem gigantischen Gemälde, das den Wohltäter der Gemeinde, den großen Clébac Darouin, darstellte – Friede seiner Seele.

Er gestikulierte mit den Händen von oben nach unten und von rechts nach links und versuchte so, eine öffentliche Rede wichtigen Inhalts zu improvisieren. Problematisch war nur, dass er eigentlich nichts zu sagen hatte. Also stieß er knurrende Geräusche aus, nickte, hob die Augen zur Decke, verzog das Gesicht, als denke er angestrengt nach, und stieß schließlich hervor:

»Es lebe die Republik!«

Dann und wann ließ er die Faust auf den Tisch donnern und schrie mit hervorquellenden Augen:

»Ich will nicht das Geringste über diese Angelegenheit hören. Haben Sie das verstanden? Ich will davon nichts hören! Ist das klar? Ja oder nein? Ich will nichts darüber hören und sage es nicht noch einmal. Ich will nichts darüber hören!«

Es waren die einzigen Sätze, die ihm problemlos über die Lippen kamen. Bei Gemeinderatssitzungen hatte Albert Pneu sie in seiner Eigenschaft als um sein Image besorgter Autokrat gern in Situationen benutzt, die er als »maßgeblich« bezeichnete.

»Was ihn allerdings nicht am Sterben gehindert hat«, murmelte René Vendrèche mit einer Hand auf dem Herzen.

In seinem Hirn brodelten kaum zu bewältigende Gedanken. Gedanken eines Staatsmannes. Er träumte davon, »Ordnung im Land zu schaffen«, war der Meinung, dass man »etwas tun musste, um den Lebensstandard der Bevölkerung zu erhöhen« und beschwor den richtigen Augenblick, um »zu einer gemeinsamen Anstrengung, zum Zusammenhalt und zur Wiederherstellung moralischer Werte« aufzurufen.

Vor allem die Wiederherstellung der moralischen Werte lag ihm sehr am Herzen. Sie waren für ihn wie die Aussicht auf eine wohlschmeckende Mahlzeit bei einem vor Optimismus triefenden Gastronomen.

Weil ihn sein politisches Engagement inzwischen ganz und gar durchdrungen hatte, stand er auf, ging zum Schrank, begutachtete einige Flaschen und entschied sich schließlich für einen Schnaps, dessen wasserhelle Klarheit sich mit der Transparenz zu decken schien, die von mächtigen Herren gern und oft beschworen wird.

Seit der Fertigstellung des neuen Friedhofs war das Leben in Neuville nicht komplizierter geworden, doch es lief nicht mehr mit der Einfachheit ab, die jahrhundertelang seinen Charme ausgemacht hatte. Auch, weil nun samstags, sonntags und manchmal sogar mitten in der Woche Neugierige aus der gesamten Umgebung in den Ort strömten. Sie drückten sich die Nasen am verschlossenen Haupteingang platt und forderten Erklärungen. Man kaute ihnen immer wieder vor, dass es sich um Privatgelände handelte, doch viele verweigerten ihr Verständnis und wurden wütend.

Schon mehrfach hatte es Ärger gegeben, und die stämmigsten Männer von Neuville hatten notgedrungen mit Mistgabeln, Schaufeln und Knüppeln einschreiten müssen, weil sie es nicht ertrugen, sich von den Städtern ungestraft als »Wilde« bezeichnen zu lassen. Wäre es nach ihnen gegangen, hätten sie die Störenfriede mit einem gezielten Schlag hinters Ohr kampfunfähig gemacht und sie anschließend in den Sümpfen versenkt, und zwar mit dem Kopf zuerst und mit leicht angewinkelten Armen, was die Leichen daran hindert, nach einiger Zeit wieder aus dem Moor aufzutauchen. So jedenfalls hatte man es früher gemacht, wenn man sich jemandes – meist eines Fremden – zu entledigen hatte. Im Laufe der Zeit war der Wasserspiegel in der Umgebung von Neuville immer weiter angestiegen.

Mehrfach war es unerwünschten Besuchern gelungen, über die Friedhofsmauer zu klettern. Ungestraft waren sie widerrechtlich auf dem Gelände herumspaziert, welches Marron Tousseul, der immer die richtigen Worte fand, als »geheiligt« bezeichnete. Um solcherlei Vorkommnisse für die Zukunft zu unterbinden, wurde beschlossen, in fünfzehn Schritt Abstand zur Mauer einen Sicherheitsstreifen einzurichten, den man mit drei Reihen Stacheldraht einzäunte. Außerdem gedachte man Patrouillen einzurichten, die sowohl tagsüber als auch nachts auf dem Friedhofsgelände Streife liefen und bevollmächtigt waren, Zuwiderhandelnde zu überprüfen und des Geländes zu verweisen. Notfalls auch mit Gewalt.

»Jeder auf dem Friedhofsgelände angetroffene Ortsfremde wird des Hausfriedensbruchs und des Übergriffs auf die Privatsphäre angeklagt. Einen Friedhof unberechtigt zu betreten ist so, als dringe man in ein fremdes Schlafzimmer ein.«

Alle waren einverstanden. Einstimmig. Noch am selben Abend organisierte man die Wachen. Jeweils zehn Freiwillige würden sich Tag und Nacht ablösen.

Die Nachtwachen fanden mal in diesem und mal in jenem Grabmal statt, je nachdem, wer von den ehrenamtlichen Wächtern etwas zu trinken und zu knabbern anbot. Tagsüber waren an den Eisentoren des Haupteingangs oft Faustschläge zu hören, aber nachts geschah nie etwas, das einen schriftlichen Bericht gerechtfertigt hätte. Die Männer spielten Karten oder Domino, und manchmal, in emotionaleren Momenten, sprachen sie über die gute alte Zeit, die einen immer etwas lehren kann.

Zu Beginn vertraten sie noch die Meinung, dass ein Friedhof ein Ort ist, an dem nicht gelacht werden darf, und verzichteten entsprechend auf das Erzählen von Witzen. Nach dem Genuss mehrerer Flaschen in herzlich-gastlicher Atmosphäre, die schon fast an Verbrüderung grenzte, fiel die Zurückhaltung jedoch immer schwerer. Immer war einer dabei, der ein bisschen entspannter war als seine Kollegen und die erste lustige Geschichte zum Besten gab. Schon fiel dem Nächsten etwas Ähnliches ein, und bald darauf machten die Eskapaden eines Lokalhelden die Runde, der männlich genug war, eine Frau innerhalb einer Stunde siebzehnmal zu beglücken, sofern Gefühle vorhanden waren.

Ob tagsüber oder nachts – von diesem Tag an herrschte auf dem Friedhof eine gewisse Urlaubsatmosphäre mit angenehmer Ungezwungenheit auf hohem Niveau. Die Männer nutzten die freie Zeit, um das Gelände in Schuss zu halten. Sie mähten den Rasen, harkten die Wege und vergaßen nie, die Marmorböden feucht zu wischen, über die sie während ihrer Wache hinweggetrampelt waren.

René Vendrèche startete im Wahn seiner Macht, der eigentlich niemand Beachtung schenkte, den eher symbolischen Versuch, die unterschiedlichen Aktionen zu koordinieren. Am liebsten hätte er sich zum Oberbefehlshaber ausrufen lassen, um in diesen schweren Zeiten wenigstens eine glanzvolle Rolle zu spielen. Doch solche Fantasien behielt er lieber für sich. Sie führten ein Schattendasein zwischen den wenigen Neuronen, die in seinem Schädel umherdümpelten.

Er hatte sich angewöhnt, sich auf der Vortreppe eines der Grabmale aufzubauen, in die Hände zu klatschen und mit den Worten: »Freunde, ich habe euch etwas Wichtiges zu verkünden!« die Aufmerksamkeit aller auf sich zu ziehen.

Niemand bezweifelte, dass er in der Folge einen Krieg erklären, Menschenrechte verkünden oder etwas beim Zoll anmelden wollte. Aber vielleicht wollte er auch nur darauf aufmerksam machen, dass auch er von einem gewissen Nutzen für die Allgemeinheit war.

Jedenfalls hörte ihm nie jemand zu. Doch René Vendrèche brauchte keine Zuhörer, um eine Rede zu halten, etwas zu erklären oder ein Ultimatum zu stellen.

Wenn es ihm an Eingebung mangelte, kamen ihm wie durch einen Zauber seine Kommunionsgebete ins Gedächtnis, und dann konnte es geschehen, dass er mit Donnerstimme ein Vaterunser oder ein Gegrüßet seist du, Maria rezitierte. Beim abschließenden Amen senkte er die Stimme, als fände er sich letztendlich doch mit den Irrwegen des Schicksals ab.

Als höchster Beamter der Gemeinde verfügte er über das Recht, Dinge zu wissen, von denen andere keine Ahnung hatten. Zum Beispiel, dass zur Aufrechterhaltung seines Status als vollwertiger Patriot die Einhaltung einer gewissen Lebenshygiene vonnöten war, die maßgeblich von einem gesunden

Nachtschlaf abhängig war. Gemäß dieser festen Überzeugung war er auch derjenige, der das erste Feldbett auf dem Friedhof aufstellte. In einer Ecke seines Mausoleums, wo es vom Eingang aus nicht sofort entdeckt werden konnte.

Eine solche Kühnheit, die unter der eher abergläubischen Landbevölkerung eine seltene Ausnahme bildete, imponierte vielen Dorfbewohnern und sorgte für leidenschaftliche Diskussionen. Niemand hatte sich gegen das Aufstellen von Stühlen in den Grabkammern aufgelehnt, verursachte einer alten Weisheit zufolge das ungeschützte Sitzen auf Marmor doch die vermehrte Bildung von Hämorrhoiden. Darüber hinaus waren Stühle zwar nicht unbedingt Voraussetzung für das Kartenspiel, gewährleisteten jedoch die nötige Konzentration, was wiederum strategische Fehler verhütete, die doch nur böse Fehden im shakespearischen Sinn verursacht hätten. Und so war es der Vernunft des Volkes geschuldet, dass es in den Gräbern Stühle gab.

Was das Bett anbetraf, so gingen die Meinungen auseinander. Die Mehrzahl der Neuviller verband mit diesem Möbelstück, das man in Wohnhäusern meist vor fremden Blicken schützte, die Ausschweifungen, die man dort zu begehen pflegte. Ohne es direkt und präzise ausdrücken zu können, vermuteten sie dahinter eine Aufweichung der Moral, die mit einem Ort unter dem besonderen Schutz Gottes nicht vereinbar war.

»Ich fürchte, das bringt Unglück«, murmelte Napoléon Beloeil.

»Ich weiß genau, was ich tue«, versicherte ihm René Vendrèche und hob majestätisch den rechten Arm.

»Ich persönlich halte es nicht für empfehlenswert«, erklärte Balthazar. »Ich finde, auf einem Friedhof sollten die Lebenden nicht besser ausgestattet sein als die Toten. Wenn wir uns jetzt angewöhnen, in Betten zu schlafen, könnte das die soziale Kluft zwischen den Lebenden und denen, die dieses Glück nicht mehr haben, deutlich vertiefen.«

»Halt den Mund, Balthazar«, forderte René Vendrèche nachdrücklich. »Du bist schließlich weder Interimsbürgermeister, noch hast du Ahnung von solchen Dingen.«

»Entschuldige bitte, aber als Bürger habe ich ein Mitspracherecht.«

»Mach, was du willst, aber lass mich machen, was ich will. Ich bin ein Mann und habe keine Angst, dass mir der Himmel auf den Kopf fällt.«

Versuche, René Vendrèche zur Vernunft zu bringen, waren in der Gemeinde als sinnlose Unterfangen bekannt. Er lebte sein Leben, ohne sich um die Meinung der anderen zu scheren, war, wie viele naive Menschen, ziemlich borniert und kreiste in seinem eigenen Universum.

Gegen Ende der ersten Woche, nach langen Debatten, die häufig bis in die Morgenstunden andauerten, kamen den Freiwilligen allmählich erste Zweifel, die sich ihren Weg über Muskelschmerzen, Verkrampfungen und steife Gelenke bis in die Köpfe bahnten. Ohne es zugeben zu wollen, dachte mehr als einer von ihnen, dass René Vendrèches Standpunkt vielleicht doch nicht so verkehrt war. Sie gingen zwar nicht so weit, ihm voll und ganz recht zu geben, doch wenn sie ihn frisch und ausgeruht aus seinem Grabmal kommen und sich pfeifend an der Kaffeemaschine zu schaffen machen sahen, beneideten sie ihn um seine fast olympiareife Form, um die Geschmeidigkeit seiner Gelenke und um seine gute Laune.

Morgen für Morgen ertappten sie sich bei dem Gedanken, dass es im Leben ungeachtet gewisser Ausnahmen immer gut war, sich eine gewisse Offenheit zu erhalten. Oder sich zumindest nicht in endgültiger Ablehnung zu verrennen. Sich genau genommen die Möglichkeit zu erhalten, bestimmte Dinge noch einmal infrage zu stellen. Oder zumindest ehrlich auszudiskutieren. Für und Wider gegeneinander abzuwägen. Jedenfalls für spezifische Situationen.

Kurz gesagt machte sich eine allgemeine Ratlosigkeit breit.

Vater Stoffet stand am Spültisch, an dem er Wurstbrät in Flaschen einfüllte, und schimpfte über den Balken, an dem er sich jedes Mal, wenn er aufblickte, den Kopf anstieß. Er arbeitete nur einmal im Jahr an dieser Stelle, nämlich dann, wenn es Zeit war, die Wurst ins Glas zu pressen. Normalerweise werkelte hier Mutter Stoffet, die über die richtige Größe verfügte und ihr Geschirr spülen konnte, ohne sich dabei gleich eine Gehirnerschütterung zu holen.

»Papa«, wagte Buh sich vor, nachdem er beobachtet hatte, wie der erste Wurstteig in den Flaschen verschwand.

»Lass mich in Frieden«, grollte Vater Stoffet. »Ich bin jetzt nicht in Stimmung.«

»Aber es ist wichtig ...«

»Die Wurst wartet nicht«, knurrte der Vater. »Außerdem bin ich genervt. Ich hätte mir an diesem blöden Balken fast den Schädel gespalten. Also lass mich zufrieden, sonst knallt's.«

Mit kundigem Daumen presste er beständig vor sich hin grummelnd das Wurstfleisch durch den engen Flaschenhals. Er stänkerte gegen alles und jeden. Vor allem gegen die Vorfahren der Familie, die den Balken in einer Höhe angebracht hatten, dass man gar nicht anders konnte, als sich an ihm den Kopf zu stoßen. Damals waren die Leute eben kleiner.

»Hätten sie das nicht berücksichtigen können? Seit Menschengedenken werden wir in der Familie mit jeder Generation ungefähr fünf Zentimeter größer!«

Laut Familienlegende hatte es der erste Stoffet also längenmäßig höchstens auf die Größe eines Huhns gebracht. Was vor ihm war, wusste niemand, doch alles ließ darauf schließen, dass der Vater des Vaters des ersten Stoffet sowohl von der Größe als auch vom Volumen her in Richtung Ei tendiert hatte. Die Stoffets waren eine Sippe, der die Zeit zugutegekommen war. Buh brachte es locker auf einsachtzig und war damit einer der größten Jungs in Neuville.

»Eines Tages rücke ich dem Balken mit der Kettensäge zu Leibe. Wenn dann das Haus zusammenbricht – umso besser. Ich bin es gründlich leid.«

Vater Stoffet wandte sich in gebückter Haltung um und warf einen Blick zum Küchentisch hinüber, wo Buh sich ans Fenster gesetzt hatte und abwartend Däumchen drehte.

»Worum geht es denn, Buh?«, erkundigte sich der Vater missmutig.

»Ich wollte etwas Ernstes mit dir besprechen, Papa.«

»Besprechen bedeutet immer etwas Ernstes, mein Sohn. Also, was ist los?«

»Weißt du, ich habe nachgedacht. Ich arbeite bei der Genossenschaft und verdiene das, was ich brauche. Eine Zukunft habe ich da wohl auch. Und weil damit alle Voraussetzungen erfüllt sind, habe ich mir überlegt, dass ich jetzt eine eigene Familie gründen könnte.«

»Gute Idee. Nett von dir, dass du mich darüber in Kenntnis setzt. Eigentlich bin ich geradezu gerührt. Du bist volljährig und kannst tun und lassen, was du willst. Und gerade deshalb rührt es mich, dass du mit mir darüber redest. Verpflichtet wärst du nicht dazu.«

Er stellte eine mit Wurstbrät gefüllte Flasche auf die Ecke des Spülsteins, nahm ein Küchentuch von der Herdstange, wischte sich die Hände ab, stellte sich an den Tisch und blickte seinen Sohn eine Minute schweigend an. Schließlich griff er nach der Schnapsflasche und stellte zwei Gläser auf das Wachstuch.

»Wer ist es?«, fragte er, während er die Gläser füllte.

»Die Monique vom Balthazar«, sagte Buh mit strahlendem Lächeln.

»Ein schönes Mädchen.«

Sie stießen auf das schöne Mädchen an, auf die Gesundheit der Familien, auf das Glück, das sich für die Zukunft andeutete, und auf den sonnigen Tag. Schließlich legte der Vater die Hände wie einen Schalltrichter an den Mund und rief nach der Mutter, die hinter dem Haus die Kaninchen fütterte.

»Raoulette! Raoulette! Komm rein, wir müssen reden.«

Raoulette rief zurück, sie brauche nur noch eine Minute – Zeit genug für den Vater, sich vor lauter Freude, den Sohn zu verheiraten, erneut den Kopf am Balken zu stoßen. Dieses Mal noch heftiger.

»Eines Tages schlage ich diese Bruchbude eigenhändig kurz und klein. Oder ich zünde sie an. Dann ist es wenigstens endgültig.«

Als die Mutter in einer Duftwolke aus Heu und Staub die Küche betrat, war der Wutausbruch des Vaters in vollem Gang.

»Jede Wette, dass du dir mal wieder eine Beule am Balken geholt hast ...«

Sie wurde von einer Schimpftirade überrollt, deren gröbste Flüche den wenig vorausschauenden Vorfahren galten. Vater Stoffet brüllte, er habe jetzt endgültig genug, er würde allmählich wahnsinnig und es wäre das letzte Mal, dass er Wurst im Glas einmache.

»Und warum hast du mich gerufen?«, erkundigte sich Raoulette.

»Sag es ihr, Buh«, schrie der Vater und rieb sich weiterhin den Schädel.

»Ich heirate«, sagte Buh.

»Du heiratest, Buh? Keine Ahnung, ob das eine gute Nachricht ist, aber jedenfalls freue ich mich.«

»Und weißt du auch, wen?«, fragte der Vater.

»Woher soll ich das wissen?«, lachte die Mutter einfältig.

»Sag es ihr, Buh«, befahl der Vater.

»Die Monique vom Balthazar.«

»Also, wenn du dir die Monique vom Balthazar ausgesucht hast, dann ist es gut. Seit du bei der Genossenschaft arbeitest, hatte ich ein bisschen Angst, dass du dir ein Mädchen aus Sprigny anlachst.«

»Also wirklich, Raoulette, unser Buh ist doch nicht blöd. Ein Mädchen aus Sprigny? Die sind doch alle wie läufige Hündinnen. Das weiß jeder. Schon immer!«

Weiches Licht sickerte wie Sahne durch das Fenster, schäumte über den Tisch und floss über den Schieferboden. Buh betrachtete es durch halb geschlossene Lider. Alles lief gut für ihn. Und wenn es für ihn gut lief, dann auch für Monique. Er hatte das Gefühl, ihm sei wärmer als sonst. Und in seinem Kopf drehte sich alles ein wenig. Das mussten die ersten Anzeichen von Glück sein. Glaubte er zumindest. Allerdings waren seine Erfahrungen auf diesem Gebiet noch so neu, dass er sich nicht ganz sicher war. Er begnügte sich damit, das Wort

»Glück« nur zu denken, ohne es laut auszusprechen.

»Ich habe mir übrigens überlegt«, murmelte Buh, »dass Monique und ich in der ersten Zeit hier bei euch wohnen könnten. Mein Zimmer unten kann Robert haben, damit hätten wir oben zwei Zimmer. Außerdem wären wir dann alle zusammen. Was hältst du davon, Papa?«

Wenn Balthazar Dienst auf dem Friedhof schob, hatte er es sich zur Angewohnheit gemacht, zwischen zwei Partien Karten eine Seite aus der Bibel zu lesen. Seinen Berechnungen zufolge würde sich ihm auf diese Weise in ungefähr zwei Jahren endlich der wahre Sachverhalt der Geschichte von Alpha und Omega offenbaren. Dabei handelte es sich nicht um eine Schrulle, wie sie ihn manchmal überkam, wenn er zu tief ins Glas geschaut hatte oder in der Sonne eingeschlafen war. Nein, er war der Meinung, dass gerade jetzt der richtige Moment gekommen war, sich mit diesem Aspekt der Allgemeinbildung zu beschäftigen. Auch der Ort war geeignet. Er heimste den letzten Stich ein, schob die Karten zurück, entschuldigte sich bei seinen Mitspielern und ging in sein Grabmal, wo er das Heilige Buch sorgfältig zentriert auf seinem mit großen Lettern in den Marmor gravierten Namen ausgerichtet hatte.

Er befand sich gerade mitten in einer rühmlichen Meditation, als Monique ihn fand. Sie kam aus dem Mausoleum von Marron Tousseul, wo die Männer Karten kloppten und herumkrakeelten wie auf der

Pferderennbahn beim Zieleinlauf. Als sie nach ihrem Vater fragte, hatte einer der Spieler erklärt:

»Der ist zur Messe gegangen.«

Tatsächlich traf sie ihn in einer Stellung an, die bei einem Mann, der immer stolz auf seinen Atheismus hingewiesen und behauptet hatte, weder an Gott noch an den Teufel zu glauben, ziemlich zweideutig war.

»An Gott glaube ich noch weniger als an den Teufel«, hatte er in Unterhaltungen mit Christen immer gern nachgelegt. Monique betrat das Grabmal unter größtmöglichem Geklapper ihrer Absätze, um ihren Vater vorzuwarnen. Balthazar zuckte mit den Schultern und schob die offene Bibel zurück.

»Was liest du da?«, fragte Monique und machte einen langen Hals.

»Ach weißt du, das ist etwas Persönliches. Das heißt, nein, eigentlich doch nicht. Angeblich geht es in dieser Geschichte um Väter, die mit ihren Töchtern das gemacht haben, was ich mit dir mache.«

»Woher weißt du das, wenn du es noch nicht gelesen hast?«

»Ich habe mal etwas darüber im Radio gehört. Ich habe zwar nicht alles verstanden, aber es hat mich interessiert. Wenn es nämlich wirklich drinsteht, dann ist das, was ich getan habe, weniger schlimm. Zumindest sehe ich das so.«

Sie erklärte ihm, er müsse diese Familienangelegenheit jetzt vergessen, weil sie schließlich vorüber sei, und dass sie selbst schon längst nicht mehr daran dächte.

»Weißt du was, Papa? Buh findet es sogar gut.«

»Trotzdem weiß ich nicht, ob so etwas normal ist«, stöhnte Balthazar.

»Normal hin oder her – es ist nun mal passiert. Wir werden doch jetzt nicht unser Leben lang darauf herumreiten, oder? Immerhin hast du es für die Familie getan. Damit ist es in Ordnung. Außerdem habe ich sehr wohl bemerkt, dass es dir keinen Spaß gemacht hat.«

»Schon, aber schlecht war es auch nicht.«

»Buh macht es großen Spaß. Mit ihm ist es ganz anders, und dadurch habe ich erst bemerkt, dass du dich zwingen musstest.«

»Zwingen? Das kann man so oder so sehen. Du bist zwar meine Tochter, aber du bist auch ein sehr schönes Mädchen. Aber es stimmt schon, irgendwie musste ich mich immer überwinden.«

»Was sein muss, muss sein, Papa.«

Verträumt ließ Balthazar seinen Blick über seine Tochter gleiten. Er war sehr stolz auf sie und fand sie so prachtvoll wie eine Himmelsgöttin.

»Warum bist du überhaupt hier?«, fragte er. »Ist irgendetwas Wichtiges passiert?«

Monique war lediglich gekommen, um ihm mitzuteilen, dass die Sache mit Buh jetzt offiziell war.

»Nächsten Monat heiraten wir. Fürs Erste wohnen wir bei den Stoffets, die haben zwei Zimmer im Obergeschoss.«

»So ein Glück«, seufzte Balthazar. »Bei uns zu Hause wäre kein Platz gewesen.«

»Kein Problem, Papa, Buh hat sich um alles gekümmert. Wir werden uns einen Kocher besorgen, damit wir uns selbst was kochen können.«

»Essen könnt ihr doch auch bei uns!«

»Weiß ich, Papa. Aber ab und zu möchten wir vielleicht lieber nur zu zweit sein.«

»Auf dem Speicher oben steht noch ein Kocher. Er ist nicht mehr ganz neu, aber für den Anfang dürfte er reichen. Ich bringe ihn für euch in Ordnung.«

Anschließend führten sie ein langes Fachgespräch über die Organisation der Hochzeit.

Bereits zum zehnten Mal in diesem Jahr lehnte René Vendrèche im Namen der Gemeinde von Neuville den Antrag eines Fernsehsenders zu Filmaufnahmen im Innern des Friedhofs ab. Dieses Mal jedoch hatte er ein wenig gezögert, denn Anne-Marie Mingue war wirklich verwirrend blond. Angesichts der Tatsache, dass er sie fast jeden Abend im Fernsehen sah, wo sie die Regionalnachrichten moderierte, hatte er das Gefühl, sie schon von jeher zu kennen. Und nicht nur das. In gewisser Weise hatten sie zusammengelebt, sozusagen in trauter Zweisamkeit im gleichen Haushalt, und das seit Jahren. Bedächtig rieb er sich die Hände und überlegte, was Albert Pneu in einer Situation gesagt hätte, in der persönliche Gefühle mit den demokratischen Prinzipien der Gemeinde im Widerstreit lagen.

»Wir planen nur eine Reportage über das architektonische Erbe des Departements«, erklärte die junge Frau.

»Ich verstehe sehr wohl, Madame Anne-Marie, ich verstehe sehr wohl. Aber es handelt sich um einen Privatfriedhof. Ginge es nur um mich, wäre es mir eine unendliche Ehre, Ihnen von unserem Sekretär alle nötigen Genehmigungen ausstellen zu lassen. Ich würde mir sogar erlauben, Ihnen meine Dienste als offizieller Führer anzubieten.«

Sie spürte, dass er ins Wanken geriet. Seine Ablehnung wirkte verlegen. Außerdem bedachte er sie mit Blicken, die seine Gedanken deutlich verrieten. Sie schenkte ihm ein bewusst bedauerndes Lächeln.

»Ich verstehe«, sagte sie. »Mir ist klar, dass wir uns mit Ihnen allein verständigen könnten. Aber da gibt es eben noch die anderen.«

»Menschen, die ich als Verwaltungsoberhaupt vertrete, Madame Anne-Marie. Sie können sich sicher denken, dass ich diese Funktion nur ausfüllen kann, weil ich auf die betreffende Bevölkerung einzuwirken verstehe. Die Aufgabe ist schwierig, und das Ziel liegt noch in weiter Ferne, aber wenn wir die Ärmel aufkrempeln, sehen wir sicher bald Licht am Ende des Tunnels.«

Sie honorierte die hübsche Ansprache mit einem Augenzwinkern und streifte den Quatschkopf mit einem Blick, in den sie heimliches Einverständnis zu legen versuchte. Es war gemein. Sie wusste genau, wie weit sie gehen musste, um das zu bekommen, was sie wollte – vor allem hier, wo alle Konkurrenten auf Granit gebissen hatten. Für sie war es eine Frage von beruflichem Ehrgeiz.

»Ich muss dazu sagen, Madame Anne-Marie, dass

ich es ausnahmsweise und als Sonderregelung nicht unbedingt ablehne, mich für Ihre ehrenwerten Pläne der filmischen Aufzeichnung unseres Kulturerbes zu verwenden. Ich hoffe, dass ich mich Ihnen diesbezüglich auch in Andeutungen verständlich machen kann, weil es der Sache nicht dient, wenn sie ausgeplaudert wird.«

»Schon klar«, nickte sie und dachte, dass sie gerade die albernsten Worte bestätigte, die sie seit ihren Anfängen beim Fernsehen gehört hatte.

Ihre an das dunkle Objektiv der Kamera gewöhnten Augen waren von einem einzigartig intensiven Blau, das an eine Schweißflamme erinnerte. Ein Blau, das die Scheibe des Bildschirms und die Wände durchdrang, das mit Lichtgeschwindigkeit durch das Land flog – sofern es sich bei dem Licht um das des blauen Himmels handelte – und in alle Häuser und Wohnungen im Umkreis von hundert Kilometern reichte. Nichts konnte diesem Blau widerstehen. Weder der Stahl gepanzerter Türen noch der beschränkte Geist der Fernsehzuschauer. Dieses Blau nun versenkte sie in den unendlich leeren Blick von René Vendrèche, und das fast schon legendäre, geradezu unwiderstehliche Blau versank dort wie ein Stück Blei. Sie musste ihrem Blick doch tatsächlich noch eine tröstliche, wenn möglich leicht verständliche Bemerkung hinzufügen.

»Ich bewundere Sie, Monsieur Vendrèche«, flüsterte sie wie eine vor Begierde zitternde Frau.

Der Interimsbürgermeister richtete den Oberkörper auf und bemühte sich, seine Pobacken aufzublasen, um Albert Pneus wuchtigen Sessel besser auszufüllen.

»Lassen Sie sich nicht allzu sehr von der großen Verantwortung beeindrucken, die ich hier innehabe, Madame Anne-Marie. Ich bin auch nur ein einfacher Mann. Wenn ich Ihnen erzählen würde, was ich heute Mittag gegessen habe, Sie würden es mir nicht glauben ...«

»Was haben Sie denn heute Mittag gegessen?«, fragte sie mit plötzlichem Interesse.

»Kartoffeln mit Speck und ein wenig Salat. Sie sehen also, der soziale Erfolg ist mir nicht zu Kopf gestiegen. Ein anderer in meiner Position würde sich vielleicht nur noch von Hummer ernähren, aber man kann nicht gleichzeitig Hummer essen und das Volk lieben.«

»Sie sind ein wahrer Heiliger, Monsieur Vendrèche. Ein republikanischer Heiliger, wenn ich so sagen darf.«

Er sträubte sich keineswegs gegen das honigsüße Kompliment, sondern leckte sich mit genüsslicher Eitelkeit die Lippen.

»So bin ich nun einmal, Madame Anne-Marie. Ein ganz einfacher Mann, aber stolz darauf. Wie schon General de Gaulle sagte: Fécamp ist ein Seehafen und wird es auch bleiben.«

Anne-Marie Mingue begriff den Satz als Anspielung auf den Leuchtturm, der Neuville überragte. Und natürlich auf den Interimsbürgermeister, der ebenso wie der Hafen von Fécamp Wert darauf legte, das zu bleiben, was er schon immer war. Sie sah ihn an, wie man das Meer ansieht. Er erkannte, dass sie ihn für größer befand, als er es von sich selbst glaubte, und sagte sich, dass sie möglicherweise recht hatte.

Trotz seines erhabenen Engagements für die öffentlichen Angelegenheiten des Dorfes hatte ihn in Neuville noch nie jemand mit einem so hungrigen Blick betrachtet. Diese Frau gefiel ihm, und zwar weit über ihr Äußeres hinaus. Ihr Körper war von anbetungswürdiger Schönheit. Allein die Brust war ein lohnenswertes Meditationsobjekt. René Vendrèche war zwar ein Mann der Scholle, aber nichtsdestoweniger galant. Zuvorkommend hatte er ihr den Vortritt in den Ratssaal gelassen. Dabei konnte er es sich nicht verkneifen, das Hinterteil der jungen Frau zu begutachten, die er jeden Abend auf seinem Fernsehbildschirm bewunderte. Es war ein herrliches und ausgesprochen ansehnliches Hinterteil, das durchaus dazu getaugt hätte, die Nachrichten zu moderieren. Doch die körperlichen Vorzüge der Dame waren nichts im Vergleich zu der außergewöhnlichen Intelligenz, die diesen komplexen, gleichwohl unmittelbar erkennbaren Formen entströmte. Sie hatte auf den ersten Blick ein Urteil gefällt, abgewägt und entschieden.

»Sie haben mich durchschaut«, sagte er mit erstickter Stimme.

»Ich sage grundsätzlich, was ich denke«, vertraute Anne-Marie Mingue ihm an. »Für mich sind Sie kein Mann wie alle anderen. Es gibt da etwas, das Sie unterscheidet. Eine Aura. Eine Art Überlegenheit.«

Während des Gesprächs waren ihm zwei- oder dreimal verabscheuungswürdige Gedanken gekommen. Es waren gewisse Überlegungen, die Dame lasziv zu entkleiden sowie ein paar waghalsige sexuelle Denkmodelle – keine wirklichen Pläne, sondern lediglich anfängliche Entwürfe, die er später für seine Fantasien zu nutzen gedachte. Doch daran dachte er nun nicht mehr. Er war viel zu glücklich, endlich einmal wirklich geschätzt zu werden, und zwar weniger wegen der Eigenschaften, die aus ihm einen Mann wie alle anderen machten, sondern aufgrund der Besonderheiten, die ihn von ihnen unterschieden.

»Überlegenheit, Überlegenheit«, brabbelte er. »Schon möglich, aber es ist eher eine naturgegebene Überlegenheit. Ich bin nicht regelmäßig zur Schule gegangen. Überlegen zu sein habe ich mir ganz allein beigebracht.«

»Sein eigener Lehrer zu sein ist doch die allerbeste Bildung überhaupt«, schmeichelte ihm die Journalistin.

»Ich bin ein Selfmademan«, fasste er mit einem Seufzer zusammen, der nur schwer zu deuten war.

Mit einer durchtriebenen Schulterbewegung näherte sie sich ihm. Jenseits der Fenster erlosch der Abend.

»Wenn es Ihnen nichts ausmacht, schalte ich das Licht ein«, sagte er, um ihr zu beweisen, dass er genügend Anstand besaß, seine Gesprächspartner nicht den finsteren Mächten der Natur zu überlassen.

»Aber es ist doch sehr schön so, Herr Bürgermeister«, schnurrte die Journalistin mit einem Gesichtsausdruck, der geradezu zur Zügellosigkeit animierte.

René Vendrèche genoss sowohl seine Macht als Bürgermeister als auch seine Verführungskünste. Er tastete sich in seiner Hosentasche vor, um herauszufinden, ob er im Fall der Fälle mit einer angemessenen Erektion rechnen konnte. Die Prüfung fiel enttäuschend aus. Allerdings hätte er der Versuchung ohnehin nicht an einem öffentlichen Ort nachgegeben, denn so etwas lag für ihn jenseits der Grenzen der Legalität. Ihm fiel ein, dass er Albert Pneu einmal dabei überrascht hatte, wie er sich unter der Büste der Marianne mit einer gewissen Julie Berde vergnügte. Die Dame war Grundschullehrerin und ausgesprochen scharf. Zwei oder drei Jahre lang war das Bild dieser Erinnerung die Grundlage seiner Einsiedler-Sexualität gewesen. Anne-Marie Mingue allerdings hatte diese Stimulationsvariante, die zudem den Nachteil hatte, dass einer der Darsteller tot war, von einer Minute auf die andere beiseitegefegt.

»Die Republik ist ein gutes Mädchen«, seufzte er. »Aber Sie, Madame Anne-Marie, Sie sind noch viel besser.«

»Unter vier Augen können Sie mich ruhig Anne-Marie nennen«, schlug die Journalistin vor. »Aber das bleibt unser Geheimnis.«

»Ich heiße René«, flüsterte der Interimsbürgermeister und schloss die Augen. Er hatte den Eindruck, dass sein Leben gerade eine wichtige Wendung nahm.

Raoulette zog ihren Schlüpfer aus, schnüffelte am Stoff des Schritts und knüllte ihn zu einer Kugel zusammen, die sie in die Zimmerecke neben der Tür warf, wo der Haufen mit Schmutzwäsche lag. Vater Stoffet hatte sich in sein Kopfkissen sinken lassen und starrte die Zimmerdecke an. Er sah ganz und gar nicht aus wie ein Mann, der Wurst im Glas eingemacht hatte.

»Wir haben keine Vaseline mehr«, informierte ihn Raoulette. »Soll ich Margarine holen?«

Stoffet erklärte, für solche Dinge im Augenblick den Kopf nicht ausreichend frei zu haben, was seine Frau verblüffte. An den Abenden der Tage, an denen er Wurst im Glas machte, kam sie normalerweise immer zu ihrem Recht. Heute jedoch zeigte er keinerlei Enthusiasmus. Raoulette, inzwischen ganz und gar nackt, stützte sich mit der Hand am Türrahmen ab und drehte sich so, dass ihr Mann ihre ausgesprochen begehrenswerten Hinterbacken und ihre immer noch ansehnliche Brust im rechten Licht betrachten konnte.

»Ich kann doch trotzdem hinuntergehen und Margarine holen. Für alle Fälle.«

»Nicht nötig, Raoulette.«

»Bist du ganz sicher, dass du deine Meinung nicht noch änderst?«

Er antwortete mit einem bejahenden Schweigen, dem ein kehliges Grunzen folgte. Er war ganz sicher, seine Meinung nicht ändern zu wollen. Raoulette kletterte ins Bett, ließ sich auf alle viere nieder und kam auf die Gefahr hin, ihren Gatten zu verärgern, noch einmal auf den Vorschlag mit der Margarine zurück. Vergebens.

»Heute Abend müssen wir reden, Raoulette. Wir müssen reden.«

Seine Stimme klang so ernst, dass Raoulette sich Sorgen machte. Daher erschien es ihr vernünftig, wenn nicht sogar klug, sich noch einmal der Ernsthaftigkeit der Entscheidung ihres Mannes zu versichern.

»Aber normalerweise, wenn du Wurst in Flaschen eingeweckt hast ...«

»Darum geht es jetzt nicht, Raoulette.«

»Aber ich hatte mich innerlich darauf vorbereitet.«

»Leg dich bitte hin und hör mir zu.«

»Bist du ganz sicher?«

»Es gibt jetzt Wichtigeres. Wir müssen etwas besprechen.«

Sie kuschelte sich mit einer Reihe von Verrenkungen unter ihre Decke, als würde sie sich in eine mehr oder weniger weiche Masse hineinschrauben.

»Pass auf«, begann Stoffet, »ich muss dir etwas sagen. Etwas Dringendes. Es geht um Buh.«

»Ja?«

»Er hat um die beiden Zimmer im Obergeschoss gebeten, weil er nach seiner Hochzeit dort wohnen will. Das habe ich doch richtig verstanden, oder?«

»Er will dort nur vorübergehend wohnen, bis er etwas anderes gefunden hat. Sozusagen als Notunterkunft.«

»Nun, das Leben in Notunterkünften kann bisweilen von langer Dauer sein, Raoulette. Vielleicht Jahre! Mindestens ein paar Jahre.«

»Was ist mit Basco? Basco wird mit Sicherheit nicht mehr allzu lange leben. Bei seinem Zustand weiß ich nicht einmal, ob er überhaupt noch diese Woche übersteht. Er kann von einem Augenblick auf den anderen tot sein. Und er hat ein hübsches, kleines Haus in guter Lage.«

»Basco geht es zwar im Moment nicht gut, aber wer sagt uns, dass es in drei Tagen noch genauso ist? Vor zehn Jahren, als er unter Beaumonts Traktor geraten ist, wäre er schon einmal beinahe gestorben.«

»Aber das war ein Unfall. Unfälle überlebt man leichter als Krankheiten. Dieses Mal hat es ihn böse erwischt. Er hat es am Herzen und an der Leber und man munkelt, dass es auch schon die Eingeweide erwischt hat. Bei ihm scheint alles kaputt zu sein.«

»Man kann sich nie sicher sein, Raoulette«, philosophierte Stoffet, »das lehrt uns die Geschichte. Was Basco betrifft, so ist er erst dann tot, wenn ich ihn tot sehe. So einfach ist das.«

Raoulette dachte über diese Worte nach, die eine Menge menschlicher Selbstverständlichkeit enthielten. Sie fragte sich, worauf Stoffet hinauswollte. Mit einem Mal war sie beunruhigt.

»Warum erzählst du mir das?«, jammerte sie.

»Hör zu, Raoulette, ich glaube, es ist nicht möglich, dass Buh das Obergeschoss bezieht. Tut mir leid, aber ich halte es für unmöglich.«

Das war nun wirklich eine gleichermaßen umwerfende wie erschreckende Nachricht. Raoulette stützte sich auf die Ellbogen und wandte Stoffet ihr bestürztes Gesicht zu.

»Wir werden Buh keinesfalls auf die Straße setzen!«, rief sie empört. »Vor allem, wo wir diese Zimmer doch haben!«

Zwar hatte Stoffet den ganzen Tag über das Problem nachgedacht, doch er wusste immer noch nicht, wie er seine Weigerung, Monique und Buh unter seinem Dach wohnen zu lassen, rechtfertigen sollte.

»Er ist immerhin dein Sohn! Unser Sohn! Er hat Rechte, und wir haben gewisse Pflichten«, protestierte Raoulette.

Auch Stoffet selbst war die Situation nicht ganz klar. Ständig wiederholte er in Gedanken die Argumente, die er sich in den vergangenen Stunden zurechtgelegt hatte, während er die Wurst in Flaschen füllte. Er war intelligent genug, die Grenzen der Intelligenz zu erkennen, vor allem dann, wenn Gefühle im Spiel waren.

»Es geht nicht um Buh«, sagte er.

»Dann verstehe ich nicht, wo das Problem liegt«, antwortete Raoulette.

»Das Problem ist die Monique vom Balthazar.«

»Ein sehr nettes Mädchen«, lobte Raoulette.

»Solange ich lebe, setzt ein Mädchen, das mit seinem Vater schläft, nicht den Fuß in mein Haus. Das war es, was ich dir sagen wollte.«

Raoulette blieb die Luft weg. Wie in Zeitlupe ließ sie sich schreckensstarr in die Kissen sinken. In fünfundzwanzig Jahren des Zusammenlebens mit Stoffet hatte er sie noch nie derart heftig vor den Kopf gestoßen. Er war kein einfacher Mann, hatte Launen, fixe Ideen und Macken. Im Lauf der Zeit hatte sie sich eine gewisse Geschicklichkeit darin angeeignet, ihn nach ihrem Willen zu lenken, was ihr im Gegenzug einige Opfer abverlangt hatte, die sie mit Vaseline milderte, die aber irgendwann begonnen hatten, ihr Vergnügen zu bereiten.

»Aber diese Dinge sind bei ihnen Familientradition«, entrüstete sie sich. »Du hast es immer als normal angesehen. Ich habe von dir noch nie Kritik an Balthazar gehört. Noch nie! Ich verstehe nicht, warum du bis zum heutigen Abend gewartet hast, ihn zu verurteilen.«

»Ich habe meine Gründe«, erklärte Stoffet geheimnisvoll.

Er sagte »Gründe«, doch der Plural diente eigentlich nur dazu, seiner Äußerung Nachdruck zu verleihen. Genau genommen gab es nur einen Grund, der allerdings so gut wie zehn war. Seiner Ansicht nach.

Wie immer zog René Vendrèche es vor, allein zu handeln. Er hatte Anne-Marie Mingue davon in Kenntnis gesetzt, dass sich die Verhandlungen in die Länge ziehen und ziemlich lebhaft und mit Verbalinjurien gespickt geführt werden könnten, womit man in einer Demokratie rechnen musste.

»Es kommt nicht infrage, eine Frau solchen Titanenkämpfen auszusetzen.«

Dennoch war er bereit, eine verhalten optimistische Prognose zu wagen. In der Nähe dieser Frau fühlte er sich unbesiegbar und dem seligen Albert Pneu, der Julie Berde im Sitzungssaal verführt hatte, so gut wie ebenbürtig. Nur dass er nicht in seine Fußstapfen getreten und der jungen Journalistin an die Wäsche gegangen war. Zwar hatte er kurz mit dem Gedanken gespielt, vor allem gegen Ende ihrer Unterhaltung, als der Saal und alles, was er enthielt, in schummrigem Halbdunkel lag, aber er war kein Mann schneller Entschlüsse. Er gönnte sich in allen Dingen die Zeit reiflichen Nachdenkens. Trotzdem konnte er nicht umhin, ihr eine vertrauliche Andeutung zu machen, wobei er versuchte, seine Augen im Dunkeln verführerisch blitzen zu lassen, und sein Atem den Duft eines in Verdauung begriffenen Stücks Käse verströmte:

»Wissen Sie, Anne-Marie, dieser Tisch, an dem Sie gerade lehnen, der könnte Ihnen Dinge erzählen ...«

»Das kann ich mir gut vorstellen«, entgegnete sie aufs Geratewohl.

In den Ohren des Interimsbürgermeisters klangen diese Worte wie das Einverständnis einer schönen Frau, die um die Dinge des Lebens wusste.

Allerdings befürchtete er, dass sie sehr viel mehr darüber wusste als er selbst, der in dieser Hinsicht so gut wie keine Erfahrung besaß.

Ehe René Vendrèche die gesamte Dorfbevölkerung zum Meinungsaustausch aufforderte, hielt er es für ratsam, Napoléon Beloeil um seine aufgeklärte Ansicht zu bitten. Er betrat dessen Grabmal ohne anzuklopfen und überraschte ihn beim Blättern in einer Pornozeitschrift, während im Radio leise die Fußballergebnisse bekanntgegeben wurden. Zunächst begrüßte er Napoléon, ohne ihn »Nap« zu nennen, um deutlich zu machen, dass sein Anliegen von bedeutsamer Natur war.

»Sieh da, ein Geist«, frotzelte Napoléon Beloeil, dessen Besuche auf dem Friedhof ihn zunehmend belebten. »Hast du Lust auf ein Bier?«

René Vendrèche winkte mit einer Handbewegung ab, die sowohl »Nicht im Dienst« als auch »Nein danke, ich bin in einem Auftrag unterwegs, der Nüchternheit, Selbstdisziplin und Verantwortungsgefühl erfordert« bedeuten konnte.

»Was liest du da?«, erkundigte er sich, um liebenswürdiges Interesse zu bekunden, was immer gut ankam.

»Eine Zeitschrift voller nackter Frauen. Wenn du willst, leihe ich sie dir, sobald ich damit durch bin.«

Grinsend hielt Napoléon René Vendrèche Bilder von Frauen unter die Nase, die so nackt waren, dass beinahe ihre Knochen zu erkennen waren. Jeder in Neuville wusste, dass René Vendrèche noch Jungfrau war. Er hatte nicht das Glück gehabt, ein passendes Pendant zu finden. Vor einiger Zeit hatten zwei oder drei alte Schachteln aus reiner Selbstlosigkeit und um der Gemeinde einen Dienst zu erweisen versucht, ihn in die Geheimnisse der Fleischeslust einzuweihen, wobei sie allerdings nicht sehr feinfühlig vorgegangen waren. Jedes Mal war er um Hilfe rufend geflüchtet.

»Napoléon«, begann der Interimsbürgermeister, »wärest du bereit, ein Thema von höchster Ernsthaftigkeit mit mir zu besprechen?«

»Nein«, sagte Napoléon Beloeil, den seine ganz persönlichen Themen höchster Ernsthaftigkeit beschäftigten – unter anderem die Witwe Dorval, die unbedingt darauf bestand, nach ihrem Tod mit ihrem Ehemann vereinigt zu werden.

»Aber es ist wirklich sehr wichtig, Napoléon. Es geht um die Zukunft der Gemeinde. Ihre Ausstrahlung in die Welt. Ihren Ruf. Ich habe die Initiative ergriffen und bin in Verhandlungen zu einer großen Sache eingestiegen. Zu einer geradezu enormen Angelegenheit. Wirklich enorm. Ehe ich aber mit den anderen spreche, dachte ich, es wäre sinnvoll, deine Meinung dazu zu hören. Du bist ein echter Demokrat. Keiner kann die Leute aufklären wie du.«

René Vendrèche lauschte seiner eigenen Rede. Erregt wanderte er um den Grabstein, hob die Augen zur Decke, schlug sich auf die Brust, ging zum Fenster, blickte hinaus und trat schließlich an die geöffnete Tür, wo er sekundenlang in Kreuzigungsstellung verharrte. Napoléon Beloeil hatte sich wieder in die Betrachtung nackter Frauen vertieft. Der Interimsbürgermeister beugte sich über seine Schulter, wies mit dem Zeigefinger auf die Schambehaarung einer Dame, die nichts zu verbergen hatte, und flüsterte herablassend:

»Ich verstehe mich übrigens ganz ausgezeichnet mit Anne-Marie Mingue!«

»Die vom Fernsehen?«

»Wenn ich will, zeigt sie mir noch viel mehr, als du hier in deiner Zeitschrift siehst. Ich bin bei ihr eingeschlagen wie ein Blitz. Sie ist mir ausgeliefert.«

»Hast du sie gevögelt?«, erkundigte sich Napoléon augenzwinkernd.

»Was glaubst du wohl?«, seufzte René Vendrèche. »Aber das ist nicht das Problem.«

Er erging sich in einer langatmigen Erklärung, in der es um Fernsehen, Ruhm, Kultur, Museen, die Nachwelt und die Notwendigkeit, wenn nicht gar Dringlichkeit ging, die Tore des Friedhofs endlich für Anne-Marie Mingue zu öffnen, einer absolut vertrauenswürdigen und zudem berühmten Persönlichkeit aus dem Fernsehen.

»Was hältst du von dieser Idee, Napoléon?«

Napoléon pfiff darauf und machte seine Haltung so ungeniert deutlich, dass sein Gesprächspartner einen Schritt zurückwich.

»Du enttäuschst mich, Napoléon. Wir haben nicht das Recht, die Zukunft von Neuville und seiner Bürger auf die leichte Schulter zu nehmen. Ich möchte an deinen Patriotismus appellieren.«

Aber Napoléon Beloeil war es wirklich egal. Er würde dem Plan zustimmen, dem alle zustimmten. An diesem Abend hatte er vor, die schöne Müllerin zu besuchen, und als pflichtbewusster Liebhaber bereitete er sich darauf vor, indem er sich einen Überblick über die Sitten verschaffte.

»Du verstehst nichts von diesen Dingen, René«, ereiferte er sich und schüttelte die Zeitschrift. »In weniger als einer Stunde muss ich eine Witwe befriedigen, und wenn ich möchte, dass die Erinnerungen an ihren Mann verblassen, ist es wichtig, dass ich richtig gut bin. Verstehst du das, René? Deine Geschichten bringen mich um meine Konzentration. Als du kamst, war ich gerade richtig in Stimmung. Ich hatte jede Menge schmutzige Gedanken. Aber damit ist es jetzt vorbei.«

»Und was ist mit Anne-Marie Mingue?«, murmelte René Vendrèche. »Kann ich auf deine Unterstützung zählen? Tut mir leid, wenn ich darauf herumreite, aber es ist wichtig.«

Napoléon Beloeil rollte das Magazin zusammen und steckte es in eine der Bronzevasen neben dem Grabstein. Dann entfernte er sich. Alle paar Schritte zuckte er die Schultern und schüttelte verärgert den Kopf.

In der Folge lief es für den Interimsbürgermeister nicht gerade gut. Die Freiwilligen, die Karten spielten, Bier tranken und fernsahen oder in ihren Betten schnarchten – man war stillschweigend übereingekommen, sich unter Berücksichtigung des außergewöhnlichen Standortes ein Mindestmaß an Komfort zu gestatten –, warfen ihn samt und sonders hinaus. Die Voraussetzungen für die Kennzeichen eines außergewöhnlichen Standorts unterlagen keiner klaren Definition. Nach und nach ging man dazu über, die Mausoleen recht ordentlich zu möblieren. Man stellte Betten auf – natürlich Doppelbetten, weil der Mensch, ganz gleich, wo er sich befindet, niemals die Hoffnung aufgibt. Die ersten Kühlschränke tauchten mit der Begründung auf, dass die mitgebrachten Butterbrote, vor allen Dingen die mit Leberwurst, kühl gelagert werden mussten. Als einer der ehrenamtlichen Aufpasser unter Einschlafproblemen litt, gestattete er sich die Installation eines Fernsehers. Es war ein diskretes Modell, das den Bedürfnissen eines Schlaflosen genügte.

An manchen Abenden, wenn ein Sportereignis übertragen wurde, versammelten sich alle um das Gerät, das sich schnell als zu klein für die Vielzahl der auf den Bildschirm gerichteten Blicke erwies. Ganz im Geiste der Demokratie, der Gleichheit und auch der Brüderlichkeit entschloss man sich, einen Fernseher anzuschaffen, dessen Abmessungen im Dienste der Sichtbarkeit für alle standen.

Verzweifelt kniete René Vendrèche vor dem Grabmal des großen Clébac Darouin nieder, verneigte sich nach Art der Muslims beim Gebet und stieß flehentliche Rufe aus, die seinen politischen Zorn, den Groll der Dorfbevölkerung, die unsichere Zukunft und die bevorstehende Enttäuschung von Anne-Marie Mingue beinhalteten.

Voller Mitleid bat er den lieben Gott, die Bewohner von Neuville nicht zu schwer für die ihm zugefügte Kränkung zu strafen.

»Herr«, rief er, »es steht dir frei, mein Leben zu nehmen, aber erspare meinem Dorf die Plagen Ägyptens. Vergib ihnen, denn sie wissen nicht, was sie tun.«

Die anderen störten sich nicht weiter an ihm. Sie hatten sich längst an René Vendrèches Hochs und

Tiefs, an sein überzogenes Verhalten, seinen bodenlosen Schmerz, seine tobende Wut und seine verrückten Gesten gewöhnt. Ständig wechselnde Stimmungen waren nun einmal das Markenzeichen dieses von Hormonen gebeutelten Dorftrottels. Vielleicht war es dieses Mal ein wenig heftiger als sonst, aber man würde einfach abwarten, bis er müde wurde.

Napoléon Beloeil hatte nicht gern Sex im Schlafzimmer der Witwe. Meistens verlustierten sie sich auf dem Wohnzimmersofa, das die Witwe Dorval zu diesem Zweck mit Mehlsäcken abdeckte. So kam sie am besten zum Höhepunkt. Der Mehlduft erinnerte sie an die erste Zeit mit ihrem verstorbenen Ehemann, als sie sich in der Mühle voller Leidenschaft an die Wäsche gegangen waren.

Weil ihr Liebhaber an diesem Abend erst nach Einbruch der Dunkelheit erscheinen würde, hatte sie ihrem Wunsch Ausdruck verliehen, er möge sie mit bemehltem Oberkörper und ebensolchen Händen im Bett überraschen. Die notwendigen Vorbereitungen hatte sie in der Küche getroffen.

Eine winzige Nachttischlampe, deren Licht durch ein über den Schirm geworfenes Tuch gedämpft wurde, erhellte das Zimmer nur notdürftig, und der nackte Körper der Witwe schimmerte teigig hell. Von den schattigen Wänden warfen mehrere Fotografien des Müllers inquisitorische Blicke auf das Bett.

Als Napoléon die Tür öffnete, drehte sich die Müllerin mit exakt kalkulierter Langsamkeit auf die

Seite, gönnte ihrem Liebhaber einen Ausblick, der ihn erbauen sollte, und setzte ihre Bewegung fort, bis sie schließlich auf dem Bauch lag. Dabei enthüllte sie Hinterbacken, deren Wölbung im schrägen Lichtschein noch gewann.

Napoléon war verunsichert. Die Witwe wählte das Schlafzimmer ausschließlich an besonders gierigen Abenden. Manchmal, allerdings nicht sonderlich häufig, vermittelte sie den Eindruck, etwas nachholen zu wollen. Dann war sie erregter als sonst und bat Napoléon, sie auf das Bett zu »nageln«. So drückte sie sich aus. Daraufhin musste Napoléon seine gesamte Manneskraft mobilisieren, denn in diesem Zimmer, in dem die ehelichen Umarmungen stattgefunden hatten, kam es ihm immer vor, als kämpfe er gegen dumpfe Emotionen, wie gegen ein Handicap, das ihn bei der Eroberung dieser Frau behinderte. Einmal hatte er sich der Witwe anvertraut, die daraufhin antwortete:

»Ich bin sicher, es hätte ihm gefallen. Er hat sich immer gefreut, wenn ich glücklich war.«

»Trotzdem stört es mich«, stöhnte Napoléon.

»Aber es sind doch nur Fotos. Und wenn sie Spaß daran haben, umso besser.«

Ihre wenig verständnisvolle Reaktion hatte ihn traurig gestimmt. Aber das war noch gar nichts im Vergleich zu der Bedrängnis, die ihn eines Abends überfiel, als sie ihm gestand, dass sie sich in den Laken liebten, in denen ihr Mann gestorben war.

»Aber du hast sie doch hoffentlich gewaschen?«, hatte er ein wenig angeekelt ausgerufen.

»Natürlich nicht, Napo. Es ist doch alles, was mir von ihm geblieben ist. Sein Geruch in den Laken. Sein Mehlaroma. Die winzigen Hautschüppchen. Vielleicht ein Härchen, das im Stoff hängt – ich weiß es nicht genau. Ich weiß nur, dass ich seinen Schweiß einatme und dass es mich erregt. Manchmal brauche ich das.«

»Ich möchte mich nicht in den Laken eines Toten suhlen«, hatte er protestiert, ohne ein besseres Argument zu finden. »Irgendwie bremst es mich aus.«

»Solange du nichts davon wusstest, hast du mich geliebt, ohne dir Fragen zu stellen. Und doch warst du im Haus eines Toten, im Bett eines Toten und in der Frau eines Toten. Warum also fühlst du dich plötzlich unwohl in den Laken eines Toten?«

»Trotzdem. Die Laken, in denen er gestorben ist, das finde ich irgendwie krank.«

»Wir erweisen ihm doch nur eine Ehre«, hatte die Witwe gesagt. »Mir gibt es das Gefühl, dass er an unserem Fest teilnimmt. Wenn wir fertig sind und du gegangen bist, räume ich die Laken wieder in den Schrank und denke bis zum nächsten Mal nicht mehr an sie.«

Das alles zusammengenommen brachte seine Glut als Liebhaber auf Sparflamme, versetzte seiner Sinnlichkeit einen gehörigen Dämpfer und vernichtete die Mühe, mit der er sein geringes Selbstbewusstsein aufrechterhielt.

Die Witwe bewegte ganz sanft ihr Becken, und der dunkle Schatten zwischen ihren Hinterbacken erschien fast lebendig. Napoléon ärgerte sich über

René Vendrèche, der seine Konzentration gestört hatte, und ahnte, dass er in dieser Nacht nichts Bemerkenswertes zustande bringen würde. Seufzend ließ er Hose und Jacke fallen. Er hatte sein Hemd aufgeknöpft, um sich den Oberkörper mit Mehl zu bestäuben, doch die Witwe bestand darauf, von ihrem Liebhaber im Hemd genommen zu werden. Auch das war eine Erinnerung an den Müller. Das weiche Tuch auf ihrer Haut vervollständigte die von Napoléon großzügig zugedachten Zärtlichkeiten auf angenehmste Weise. Napoléon schloss die Augen und rief sich die pornografischen Darstellungen ins Gedächtnis, mit denen er sich in Stimmung gebracht hatte, ehe René Vendrèche in seinem Grabmal aufgetaucht war. Der Interimsbürgermeister hatte wirklich ein phänomenal schlechtes Benehmen an den Tag gelegt. Was er sich einem Mann gegenüber gestattet hatte, der im Begriff stand, eine wichtige sexuelle Funktion zu erfüllen, grenzte an Sabotage, wenn nicht gar an Terrorismus. Jedenfalls war es eine Schande.

»Ich fühle mich nicht wohl«, sagte er und setzte sich auf die Bettkante. Mechanisch streckte er die Hand nach dem Körper der Müllerin aus und begann, sie mit den Fingern zu liebkosen.

»Nein, ich fühle mich ganz und gar nicht wohl«, bekräftigte er und drang mit einem Finger tiefer in den Raum zwischen den Pobacken ein.

Die Witwe wand sich, um die Erkundung eines ihrer sensibelsten Punkte tatkräftig zu unterstützen.

»Hast du gehört?«, hakte Napoléon nach.

Sie hörte sehr gut, wollte aber offenbar nicht verstehen. Und so bestand ihre Antwort nur aus einigen topologischen Hinweisen, die dazu gedacht waren, den Weg zu korrigieren, den sein Finger nahm. Sie veränderte ihre Haltung um einen Zentimeter und ließ Napoléon wissen, dass der Finger sie genau dahin brachte, wo sie unbedingt hinwollte.

Doch Napoléon zog seine Hand zurück und legte sie auf seinen Oberschenkel.

»Aber Napo!«, ärgerte sich die Witwe. »Was ist los mit dir?«

»Mit mir ist los, dass ich mir Sorgen um die Politik von René Vendrèche mache. Das ist der Grund. Du kennst mich und weißt, dass für mich die Angelegenheiten der Gemeinde immer über meine eigene Befriedigung hinausgingen.«

»Deine Befriedigung, Napo? Was redest du da? Und was ist mit meiner? Erst machst du mich heiß, und dann weigerst du dich, das Feuer zu löschen.«

Napoléon bereitete sich darauf vor, Unangenehmes und vielleicht sogar Peinliches zu hören zu bekommen. Aber so sehr er sich auch anstrengte, er spürte nichts. Er hätte sich wirklich von ganzem Herzen gewünscht, die Witwe glücklich zu machen. Dafür hätte er sogar die größten Opfer gebracht. Um seine Aufrichtigkeit zu beweisen, murmelte er:

»Ich würde alles für dich tun, und das weißt du auch. Wenn du mich bitten würdest, ihn abzuschneiden, würde ich ihn abschneiden.«

»Soweit ich sehe, mein lieber Napo, nützt er

mir heute ebenso wenig, als hättest du ihn abgeschnitten.«

Das war eine bösartige Feststellung, doch er schob sie auf ihre Verbitterung. Eine enttäuschte Frau hat ihre Sprache nicht immer unter Kontrolle. Mit einer brüsken Bewegung, die ihrem Verdruss entsprach, drehte sie sich auf den Rücken. Ihre ausgesprochen großen Brüste – echte Müllerinnenbrüste – bedeckten die gesamte Fläche ihres Oberkörpers. Der Anblick erregte Napoléon, verfügte aber nicht über ausreichend Energie, etwas Greifbares zu bewirken.

»Du weißt, wie sehr mir die Zukunft der Gemeinde am Herzen liegt«, sagte er mit entsprechend betroffener Miene.

»Hör zu, Napo, dieser Gemeindekram interessiert mich nicht. Jedenfalls hatte ich nicht vorgesehen, heute Abend mit dir über solche Dinge zu reden.«

»Aber der Ernst der Stunde erfordert es, Liebste«, erklärte er und war so gerührt von seinen Worten, dass er bereits salzige Tränen auf seiner Zunge spürte.

Die Witwe hob die Hand und legte sie auf seinen Mund, um ihn zum Schweigen zu bringen.

»Eines muss ich dir sagen, Napoléon. Das, was du mir heute Abend zumutest, hätte mein Mann sich nie und nimmer erlaubt. Verstehst du, Napoléon? Niemals! Er war ein ausgesprochen körperbetonter Mensch.«

Diese mit entschlossener Stimme vorgebrachte Bemerkung verstärkte noch die Bedrücktheit, die ohnehin auf Napoléon lastete. Er wusste, dass ein Liebhaber es nie mit einem Verstorbenen aufnehmen konnte, und sei es auch nur, weil er in den Augen der Witwe den Nachteil hatte, lebendig und damit kritisierbar zu sein.

»Wenn ich nur daran denke, dass du mich gebeten hast, zusammen mit dir begraben zu werden«, seufzte die Müllerin. »Man stelle sich das vor! Immerhin war ich so schlau, dir diesen Wunsch abzuschlagen. Ich schwöre dir, der Müller war verlässlicher. Um diese Zeit hätte er mir schon mindestens drei Orgasmen verschafft. Es gefällt dir wohl nicht, dass ich dir das erzähle, was Napo?«

Es gefiel ihm ganz und gar nicht. Er biss die Zähne so heftig zusammen, dass es knirschte. Hätte René Vendrèche ihn nicht bei den Vorbereitungen gestört, hätte er es dem Toten zeigen können, seine Witwe umgarnen und es sich an ihrer Seite bequem machen können. Jetzt war es zu spät, und so verlegte er sich darauf, sich kleinlaut zu entschuldigen und die Gründe für sein Versagen zu erklären. In seiner Not erfand er eine kleine Lüge und schob alles auf die Folgen einer gewissen Müdigkeit und sogar des Alters, das auch ihn heimsuchte wie alle anderen. Auch er wurde jedes Jahr ein Jahr älter, wie man so schön sagte.

»Außerdem wurde die Frage aufgeworfen, ob wir den Friedhof für eine Crew vom Fernsehen öffnen sollen, wenn du es genau wissen willst.«

»Was hat denn das Fernsehen bei uns zu suchen?«

»Ich glaube, es geht um eine Gewissensentscheidung. Es ist ein privater Friedhof. Ist der Begriff des privaten Friedhofs mit dem des öffentlichen Fernsehens vereinbar?«

Weil er sich eines Vergehens schuldig fühlte, das er nicht begangen hatte, weil er sich seines Ungenügens schämte und sich unter den Blicken des Müllers gedemütigt fühlte, geriet er in eine Art panische Kopflosigkeit, die ihn dazu brachte, seiner Stimme ein tragisches Timbre zu verleihen und die Fäuste zu ballen. Er wankte um das Bett, trat nach Stühlen und bemerkte verwundert, dass er keinerlei Schmerz an den Zehen verspürte. Die Witwe beobachtete ihn aus dem Augenwinkel. Ihre Lippen umspielte ein Lächeln, das beleidigend wirken sollte.

»Liebste«, lamentierte er, »du bist mir gegenüber ungerecht. Nichts gegen deinen Mann – Friede seiner Asche –, aber du hast mir mehr als einmal zu verstehen gegeben, dass ich dir Orgasmen verschafft habe, die denen deines geliebten Gatten in nichts nachstanden.«

»Das habe ich nur gesagt, um dir einen Gefallen zu tun.«

»Du vergisst, dass ich Zeuge deiner ekstatischen Höhepunkte sein durfte. Du hättest in diesen Momenten alles getan. Du warst geradezu außer dir.«

»Weil ich an ihn gedacht habe«, behauptete die Müllerin sanft. Ihr war keine Böswilligkeit nachzuweisen.

»Du hast meinen Namen gerufen. Und zwar so laut, dass es ganz sicher keine Täuschung war. Für mich ist das ein Beweis.«

Erneut kam er auf die Sache mit dem Fernsehen zurück und namentlich auf Anne-Marie Mingue. Je mehr er sich aufregte, desto wütender wurde er. Er schlug sich mit der geballten Faust in die offene Hand. Er zeigte mit dem Finger auf den nackten Körper der Witwe, dessen laue Wärme er so manches Mal unbewusst wahrnahm, köstliche Feuchtigkeit und verwirrende Körperdüfte, in denen er Fragmente ihrer geradezu skandalösen Schwelgereien wahrnahm, die ihn meist erschütterten wie ein Erdbeben.

Je stärker der Entschluss in ihm reifte, René Vendrèches Initiative zu unterstützen und je wichtiger ihm die Meinung der Witwe zu diesem Thema wurde, desto bewusster nahm er wahr, dass die Wut und die Erregung seine Männlichkeit wiedererweckt hatten, die, soweit ihm bekannt war, der des verstorbenen Müllers in nichts nachstand. Mit aufmerksamem Blick und angehaltenem Atem verfolgte die Witwe dieses natürliche Gedeihen. Als sie ahnte, dass Napoléon keine Sekunde länger zögern würde, sich auf sie zu werfen, spreizte sie die Schenkel und empfing ihn mit einem erleichterten Seufzer. Sie unterließ es, ihn darauf hinzuweisen, dass ihre gemeinsamen Abende in Zukunft ziemlich lebhaft verlaufen würden, wenn er immer erst diese Zirkusnummer absolvieren musste, um sich in die Lage zu versetzen, sie zu beglücken. Im Grunde missfiel ihr diese Aussicht durchaus nicht.

Stoffet hatte schlecht geschlafen, und Raoulette hatte den Kaffee verdorben, weil ihr zu viel Zichorie hineingeraten war. Als Stoffet das Tor zum Friedhof öffnete, um seine Wache zu übernehmen, war er wütend. Oder vielmehr traurig. Er betrachtete den von Mausoleen gesäumten Weg, der ihm eindrucksvoller erschien als die Prachtstraße einer großen Stadt. Als er sich auf den Weg zu seiner letzten Ruhestätte machte, setzte die automatische Bewässerungsanlage leise zischend ein – dieses edle Geräusch, das sonst nur in amerikanischen Gärten zu vernehmen war. Am Ende des Weges entdeckte Stoffet den Rücken von René Vendrèche. Der Interimsbürgermeister lag mit erhobenen Armen auf den Knien vor dem Grabmal des großen Clébac Darouin und stieß ein Wehklagen aus. Dann senkte er die Arme, während die Lautstärke der Leidensgeräusche abnahm und René Vendrèche seine Stirn auf die erste Stufe des Grabes knallen ließ. Stoffet trat näher. Vendrèche schien ihn nicht zu bemerken. Er erhob sich wieder und brabbelte eine Art Strophe in einer Sprache, die ansatzweise arabisch klang. Seine Stirn war blutig und voller Beulen.

»Was ist los mit dir, René?«, fragte Stoffet.

»Wer spricht da mit mir? Ich wüsste gern, wer da mit mir redet.«

»Stoffet. Vater Stoffet. Erkennst du mich denn nicht, René? Ich finde dich hier wie im Gebet und mit völlig ramponiertem Kopf vor. Das beunruhigt mich, und ich frage dich, was mit dir los ist. Ich habe nämlich nicht die geringste Ahnung.«

»Stoffet, bist du das?«, flehte René Vendrèche. Er spreizte die Hände und hielt sie der aufgehenden Sonne entgegen, deren erste Strahlen über das Schieferdach auf den Vorplatz glitten.

Weil es der Wahrheit entsprach, bestätigte Stoffet, dass es sich tatsächlich um ihn höchstselbst handelte. Er fügte hinzu, dass er gekommen sei, um Vendrèches Wache zu übernehmen, und weil er gerade dabei war, ergriff er die Gelegenheit, sich darüber zu beklagen, dass er schlecht geschlafen habe. Fast fühlte er sich versucht, sich auch noch über Raoulettes miserablen Kaffee auszubreiten.

René Vendrèche nickte und klapperte dabei mit den Zähnen. Über seine rechte Schläfe sickerte ein wenig Blut.

»Stoffet, ich bin Interimsbürgermeister, aber niemand will mir zuhören. Dabei habe ich etwas Entscheidendes zu sagen.«

»Klar will dir niemand zuhören, René. Alle wissen, dass du nie etwas Entscheidendes zu sagen hast. Ganz einfach.«

»Kennst du Anne-Marie Mingue?«

»Die vom Fernsehen?«, erkundigte sich Stoffet.

»Genau die. Alle halten mich für einen Dummkopf und Spinner. Für euch bin ich nur ein Klotz am Bein, ein Ohrfeigengesicht und eine Dumpfbacke. Und trotzdem fährt dieser Fernsehstar auf mich ab, so wahr ich hier vor dir stehe, Stoffet.«

»Bist du sicher, dass es dir gut geht, René? Möchtest du vielleicht eine Tasse Kaffee? Ich mach dir welchen. Ich habe alles Nötige in meinem Grab.«

»Sie ist ganz verrückt nach mir, und ich habe keine Ahnung, woran es liegt. Vielleicht am Ansehen meines Amtes. In kaum einer Stunde ist sie sozusagen meine Geliebte geworden. Hätte ich nicht das Sakrileg gescheut, sie im großen Sitzungssaal zu nehmen, hätte sie sich mir längst hingegeben.«

Stoffet verstand gar nichts mehr. Wie die meisten Neuviller wusste er, dass René Vendrèche jungfräulicher war als die Jungfrau Maria vor ihrer Begegnung mit dem Erzengel Gabriel. Aber weil er eine schlechte Nacht hinter sich hatte und Raoulettes Kaffee nichts als besseres Spülwasser gewesen war, zweifelte er an seiner Fähigkeit, die Dinge des Lebens zu begreifen. Er setzte sich auf die Stufen des Grabmals des großen Clébac Darouin und heftete seinen Blick auf die ein gutes Stück entfernte Begrenzungsmauer des Friedhofs, welche die Horizontlinie um etwa drei Meter erhöhte und deutlich näher brachte.

»Anne-Marie Mingue hat an mein Entgegenkommen appelliert, ihr die offizielle Genehmigung zum Betreten des Friedhofs zu erteilen. Es geht um eine Reportage zur Förderung des Kulturguts in unserer Region. Ich habe ihr versprochen, ihre Anfrage binnen kürzester Zeit positiv zu bescheiden. Als ich aber mit den anderen darüber sprechen wollte, stellten sie lediglich ihren unendlichen Egoismus unter Beweis, indem sie lieber Karten spielten oder sich in Zeitschriften voller nackter Frauen vertieften. Die Zukunft der Gemeinde interessiert sie offenbar nicht. Ich bin politisch sehr enttäuscht, Stoffet, und empfinde solcherlei Arroganz als persönlichen Affront. Mir ist zumute wie einem waidwunden Tier.«

Das, was René Vendrèche da aussprach, rief in Stoffet die Erinnerung an seine eigenen Ideen wach, die er im Verlauf der Nacht Raoulette vergeblich zu erklären versucht hatte. Er dachte an den schmerzhaft störenden Balken in seinem Haus, an die morschen Wände, die irgendwann einstürzen würden, wenn er sich nicht bald darum kümmerte, und an sein Dach, das mit jedem Winter durchlässiger wurde. Er hatte es satt, wegen eines alten Steinhaufens ständig leiden zu müssen.

»Wenn du willst, René, werde ich zu deinem Fürsprecher. Ich weiß zwar nicht, ob es mir gelingt, die anderen zu überzeugen, aber einen Versuch ist es allemal wert.«

Ein misstrauischer Schatten stahl sich in den Blick des Interimsbürgermeisters. Normalerweise gehörte Stoffet zu den Ersten, die ihn verspotteten, bösartig manchmal, ja, fast schon brutal.

»Warum willst du das tun, Stoffet?«

»Ich habe meine Gründe«, sagte Stoffet und schloss ein Auge zum Zeichen, dass er nachdenken wollte.

Anne-Marie Mingue wusste nicht, woran sie war. Vor dem Schlafengehen hatte sie ihren Chefredakteur angerufen und sich aus dem Bedürfnis heraus, das Schicksal zu erzwingen, gerühmt, die Sache sei unter Dach und Fach. Ihren Worten zufolge konnte der Interimsbürgermeister ihre Anfrage gar nicht mehr ablehnen, sondern fraß ihr förmlich aus der Hand. Sie hatte ihn an der Kandare. Sie verhehlte nicht, dass bei einigen dieser Wilden noch Überzeugungsarbeit zu leisten war, hielt dies jedoch für problemlos.

Jetzt hatte sie Hunger, trotz des Kloßes in ihrem Hals. Der Tag dämmerte über der Umgebung von Sprigny. Sie war erst spät eingeschlafen und hatte die ganze Nacht nur unruhig gedöst. Die Techniker waren in die Stadt zurückgekehrt, die anderthalb Stunden von diesem verlorenen Nest entfernt lag, doch sie selbst hatte es vorgezogen, sich nicht allzu weit vom Schlachtfeld zu entfernen, um im Notfall sofort eingreifen zu können. Mit dem Auto brauchte sie nicht einmal eine Viertelstunde von Sprigny nach Neuville. René Vendrèche hatte die Nummer ihres Handys mit der Empfehlung erhalten, sie anzurufen, wann immer er es für nötig hielt. Auch mitten in der Nacht, hatte sie hinzugefügt und sich dabei an seiner Hüfte gerieben.

Jetzt aber, in einem Morgengrauen, das die Wipfel der Bäume blau wirken ließ, stand sie auf dem Balkon ihres Hotelzimmers und sah bis zum Horizont nichts als leuchtende, staubige Felder. Plötzlich kamen ihr Zweifel. Der Kerl hatte nicht angerufen. Es war zwar noch reichlich früh, um sich Sorgen zu machen, aber als sie ihn am Abend zuvor verlassen hatte, war sie ganz sicher gewesen, dass er irgendwann das Bedürfnis verspüren würde, ihr sein Herz auszuschütten. Und sei es auch nur, um sie über die Erfolge seiner Fürsprecher bei denjenigen zu informieren, die er hochtrabend als den »harten Kern der Bevölkerung« bezeichnet hatte.

»Ich bin überdreht«, dachte sie.

Sie setzte sich wieder auf ihr Bett und überprüfte ihr Handy, das sie unter der Nachttischlampe abgelegt hatte. Irgendwann würde er bestimmt anrufen.

Raoulette machte sich Vorwürfe wegen des missratenen Kaffees, obwohl Buh mehrmals betonte, dass er ihn ausgezeichnet fand. Aber Buh war immer freundlich. Hätte sie ihm eine Tasse Spülwasser serviert, hätte er es vermutlich genauso begeistert getrunken.

»Ich verstehe es nicht«, murmelte sie. »Ich verstehe es einfach nicht.«

»Was verstehst du nicht, Mama?«, fragte Buh inzwischen zum fünften Mal.

»Ich verstehe es nicht, ich verstehe es nicht«, wiederholte die Mutter und lief nervös in der Küche auf und ab.

Buh schob seine Tasse zurück, stand auf, packte Brot sowie Käse und Wurst in ein Tuch und steckte es in seinen Rucksack. Erneut warf er seiner Mutter einen beunruhigten Blick zu.

»Es geht nicht um mich«, sagte Raoulette. »Ginge es nur um mich, wäre alles in Ordnung. Du weißt, dass ich mich mit allem abfinde. Mir geht es eigentlich immer gut. Aber dein Vater macht mir Sorgen. Ich weiß nicht, was er hat, aber er ist anders als sonst. Ich bin mir nicht ganz sicher, ob ich mit dir darüber reden sollte, aber ich finde es besser, wenn du Bescheid weißt.«

»Es ist doch hoffentlich nichts Schlimmes?«, fragte Buh.

»Einerseits schlimm und andererseits auch wieder nicht. Es hat mit deiner Zukunft zu tun. Für mich ist alles in bester Ordnung, aber dein Vater macht Anstalten, dagegen zu sein.«

Sie berichtete ihm mit wenigen Worten von den plötzlichen Bedenken seines Vaters. Sie sprach von Balthazars inzestuösen Bräuchen, und dass es einer ehrenwerten Familie wie den Stoffets nicht würdig sei, eine derart besudelte Person unter ihrem Dach wohnen zu lassen.

»Aber ihr Vater hat es doch nicht zum Vergnügen getan, sondern nur, um die Tradition zu wahren. Ich verstehe nicht, was daran schlimm sein soll. Immerhin ist es seit François I. Brauch in dieser Familie.«

»Das weiß ich doch alles«, seufzte Raoulette. »Aber dein Vater hat sich das nun einmal in den Kopf gesetzt. Es beschäftigt ihn. Er hat letzte Nacht kaum geschlafen.«

»Gestern schien er doch vollkommen einverstanden zu sein«, protestierte Buh. »Er hat mich zu meiner Wahl sogar beglückwünscht und wirkte eigentlich ziemlich zufrieden, wie immer, wenn er Wurst im Glas einweckt. Ist in der Zwischenzeit irgendetwas passiert?«

»Er hat sich ein paar Mal heftig am Balken gestoßen. Ich denke, dabei hat er sich ein Stück Gehirn eingedellt. Das kann ganz schnell gehen. So ein Gehirn hält nicht viel aus.«

Beim Schließen seines Rucksacks stellte Buh fest,

dass seine Hände zitterten. Wut war es nicht. Er war nicht wütend. Nie hätte er sich gestattet, Wut auf seinen Vater zu empfinden. Er hatte eher den Eindruck, von einer lähmenden Müdigkeit überrollt zu werden. Seine Beine fühlten sich weich an, seine Schultern schmerzten. Er schien keine Kraft mehr in den Armen zu haben, und seine Kehle war wie ausgetrocknet. Was seine Mutter ihm gerade mitgeteilt hatte, verdarb ihm die Freude auf das Wiedersehen mit Monique in der alten Jagdhütte. Er hatte große Angst, sie zu enttäuschen oder gar zu verletzen.

»Wie soll ich das bloß Monique erklären?«, fragte er mit gesenktem Blick. »Sie hat ihren Eltern schon gesagt, dass wir hier in die erste Etage ziehen. Alles war geregelt. Sie hätte allen Grund, ärgerlich zu sein. Es ist ein Schock! Und sie ist sehr sensibel. Was soll ich bloß tun, Mama?«

»Keine Ahnung, Buh. Dein Vater ist wie ausgewechselt und wird langsam schrullig. Ich kann es dir zwar nicht erzählen, aber ich habe einen handfesten Beweis dafür, dass er nicht mehr er selbst ist. Er hat sich von einem auf den anderen Augenblick verändert. Würde mir jetzt jemand sagen, dass er verrückt geworden ist – ich würde es glauben.«

Buh brauchte nicht auf die Uhr zu schauen, um zu wissen, dass er spät dran war. Raoulette legte auf dem Tisch eine Serviette zusammen und entfaltete sie wieder. Immer noch roch es in der Küche nach Wurst.

»Irgendetwas geht hier vor«, sagte sie. Buh öffnete die Tür, und ein Schwall frischer Luft drang ins Haus.

Vor dem Schlafengehen rief René Vendrèche bei Anne-Marie Mingue an.

»Es tut mir leid, sollte ich Sie zu dieser recht unpassenden Zeit aufgeweckt haben«, flüsterte er in verschwörerischem Ton, »aber ich wollte Sie umgehend darüber in Kenntnis setzen, dass ich ausgezeichnete Neuigkeiten habe. Wie ich gern zu sagen pflege: In der Natur gibt es mehr Zitzen als hungrige Mäuler. Und nun, am Ende einer Nacht furchtbarer Kämpfe gegen die obskuren Mächte einer entfesselten Bäuerlichkeit habe ich die Ehre, das Vergnügen und den Vorzug, Ihnen ankündigen zu dürfen, dass die Angelegenheit, die Sie kennen und die uns beide gemeinsam in höchstem Maße angeht, auf dem besten Weg zu einem Abschluss ist. Ich habe Ihr Anliegen mit der Hartnäckigkeit eines Hundes verteidigt, der nicht von seinem Knochen ablässt. Nach vielen Stunden knallharter Verhandlungen konnte ich mich der Unterstützung der wichtigsten Leute im Dorf versichern. Die Erinnerung an Sie, liebste Anne-Marie, die mir unauslöschlich ins Gedächtnis geprägt ist, verlieh mir die Kraft, den Kampf bis zum Sieg durchzuhalten, ohne auch nur ein Jota von meiner Vorgabe abzuweichen und ohne die Prinzipien der Republik und der Souveränität des Volkes zu verletzen. Als der Morgen graute, war ich mit Beulen und Wunden bedeckt. Mein Blut tränkte die Erde des Vaterlandes. Ich habe so viel Blut verloren, dass mein Spiegelbild durchsichtig geworden ist. Nun aber bin ich voll eines berechtigten Stolzes und ich garantiere Ihnen einen triumphalen Einzug in den bis zum heutigen

Tag von fremden Blicken unberührten Friedhof von Neuville. Wie sagt der Dichter so schön? Die Scheibe ist für die Wurst das, was das Werk für die Kunst ist. Sie haben mich verstanden. In wenigen Stunden, spätestens jedoch morgen, wird eine gediegene Mehrheit zu unseren Gunsten entscheiden. Danken Sie mir nicht. Sagen Sie jetzt nichts. Ich grüße Sie, Anne-Marie, und rufe Ihnen zu: Bis bald!«

Die junge Journalistin lauschte mit geschlossenen Augen der atemlosen Stimme, die bei einigen Worten nur mit Mühe die Kurve bekam, sich aber der sauberen Artikulation General de Gaulles befleißigte. Als René Vendrèche fertig war, legte sie ihr Telefon auf den Nachttisch und ließ sich erschöpft in die Kissen fallen. Ohne sich die Mühe zu machen, ihre Schuhe abzustreifen, sank sie endlich in einen erquickenden Schlaf, in dem lächelnde Englein sie empfingen.

Buh bereitete sich auf eine Dreistigkeit vor, derer er sich nie für fähig gehalten hätte. Er stieß das Tor zum Friedhof auf. Pellaers, ein einäugiger Alter, dem zudem eine Hand fehlte und der gerade zur Wache eingeteilt war, ließ ihn ohne jegliche Verwunderung passieren.

»Wo ist mein Vater?«, fragte Buh.

Pellaers deutete mit einer Kopfbewegung in Richtung des Grabmals von Clébac Darouin.

»Zuletzt habe ich ihn da drüben gesehen. Aber das war heute Morgen ganz früh. Jetzt ist er vielleicht woanders.«

Entschlossenen Schrittes machte sich Buh auf den Weg zum Grabmal der Familie Stoffet, das rechts von Clébacs Mausoleum lag. Die schwere Tür stand ein Stück offen. Inmitten zahlreicher Werkzeuge, die verstreut um eine bunte Metallkiste lagen, werkelte sein Vater an einem Gestell unter den Wasseranschlüssen. Buh bemerkte ein komplettes Wasserleitungssystem mit Siphon und Mischbatterie, was die Vermutung nahelegte, dass sein Vater dabei war, eine Badewanne zu installieren.

»Was willst du denn hier, Buh?«, knurrte sein Vater schlecht gelaunt.

»Ich muss mit dir reden, Papa. Es ist wichtig.«

»Du siehst doch, dass ich beschäftigt bin.«

»Was machst du da überhaupt?«

»Das geht dich nichts an. Jedem das Seine. Es ist zwar kein Geheimnis, aber ich habe keine Lust, darüber zu reden. Hast du heute frei?«

Buh schüttelte den Kopf. Er sah keine Möglichkeit, das vorzubringen, was er zu sagen hatte, ohne seinen Vater zu verärgern oder ihm zumindest das Gefühl zu vermitteln, die väterliche Autorität infrage zu stellen. Und so sprach er einfach aus, was ihm einfiel.

»Es geht um Monique ...«

Sofort bemerkte er, dass der Satz als Angriff aufgefasst werden konnte. Vater Stoffet starrte ihn überrascht an. In einer Hand hielt er den Hammer, mit der anderen Hand strich er sich das Haar aus dem Gesicht. Doch er war mit allen Wassern gewaschen und tat so, als hätte er sich verhört.

»Was hast du gesagt?«, bellte er.

Die Härte in seiner Stimme ließ Buh einen Schritt zurückweichen. Wie versteinert blieb er stehen, hin- und hergerissen zwischen der Notwendigkeit eines Gesprächs und der Versuchung, seinem Vater einfach den Rücken zuzukehren.

»Was hast du gesagt?«, wiederholte der Vater und bewegte den Hammer.

Plötzlich fiel Buh nur noch ein einziges Wort ein, und das war Moniques Name. So sehr er sich auch das Gehirn zermarterte – alles, was ihm einfiel, klang wie »Monique«. Als wäre das Vokabular, das ihm sonst gestattete, die unterschiedlichsten Sachverhalte auszudrücken, wenn auch nicht weniger geworden, so doch zu diesem einen Vornamen zusammengeschnurrt, der für ihn alles bedeutete, was er bis zu seinem Tod noch zu sagen hatte, sei es, um die Qualität der Roten Beete zu beschreiben, nachts die Sternbilder zu benennen, Gespräche über das Wetter, die Sonne, den Regen, den Schnee und den Wind zu führen, der Natur zu huldigen, dem Wein oder einer Quelle, oder um ein Kompliment zurückzugeben, einen Vorwurf zu machen oder nach dem Weg zu fragen. »Monique« reichte aus, um sich verständlich zu machen, vielleicht sogar in allen Sprachen der ganzen Welt.

»Deine Mutter hat also gequatscht!«, fauchte Stoffet.

Natürlich hatte er einen Plan und wollte ihn zum Ende führen. Gleichzeitig schämte er sich ein wenig angesichts des Kummers seines Sohnes. Er hatte diese Reaktion vorhergesehen. Wie gerne hätte er Buh seinen Plan offengelegt und seinem Sohn unwiderlegbare Argumente geliefert, doch alles, was ihm einfiel war:

»Buh, verurteile deinen Vater nicht ...«

Es klang zwar ein wenig pompös, entsprach aber den Umständen. Ebenso wie der Ort, obwohl offenkundig war, dass Vater Stoffet diesen Teil der Grabstätte gerade in ein Badezimmer verwandelte.

»Monique«, stammelte Buh.

»Du verstehst das nicht, mein Junge. Dir geht es um dein eigenes kleines Leben, während ich mich um höhere und höchste kollektive Interessen kümmere – um Lebenswichtiges, Wesentliches, Grundlegendes und um Philosophie. Also um etwas sehr Komplexes. Ich muss einer ausgeklügelten Strategie folgen, um die Vorurteile der einen, die Unterwürfigkeit der anderen und die Willensschwäche aller zu überwinden. Das aber schafft Probleme. Trotzdem werde ich meine Mission erfüllen. Mehr kann ich dir dazu nicht sagen.«

In seiner Rede verbargen sich gleich mehrere Arten mysteriöser Andeutungen, eine Verflechtung seltsamer Absichten sowie ein Streben nach Höherem. Buh, der so einfach war wie ein klarer, heller Tag, fühlte sich, als stürze er in ein Brunnenloch. Er formulierte immer noch Töne, aus denen man den süßen Namen Monique heraushören konnte, fast wie ein Seufzen oder ein Erschauern in lastender Stille.

»Keine Sorge, Buh. Im Leben kommt alles ins Lot«, sagte Stoffet schließlich.

Er ließ sich nicht so weit hinreißen, seinen Sohn mitleidig in die Arme zu schließen, doch nur aus Schamgefühl. Buh würde seine Absicht sicher erkennen.

»Monique«, murmelte der junge Mann, als wolle er sich bedanken.

»Ein nettes Mädchen«, gab der Vater zu. »Was allerdings die Gebräuche in dieser Familie angeht, so habe ich gewisse Vorbehalte. Geld ist wichtig, das weißt du, Buh, aber gleich danach kommt die Moral. Ich habe absolut nichts gegen die junge Frau. Eines Tages wirst du verstehen, warum ich nicht möchte, dass sie bei uns wohnt. Es geht einfach nicht. Wirklich, es geht nicht.«

Er würde seinen Entschluss nicht rückgängig machen, das war offensichtlich. Buh hielt es nicht für nötig, das Gespräch fortzusetzen. Rückwärts verließ er unter dem ehrlich betrübten Blick seines Vaters das Grabmal. Als er das Tageslicht erreichte, das sich von Osten her über die Wasserspeier des Mausoleums neigte, hörte er seinen Vater sagen, dass alles Mögliche passieren kann, wenn man nur geduldig wartet. Er dachte an Monique und hatte Lust zu weinen.

Balthazar wunderte sich nicht, als er Buh zu ungewöhnlicher Stunde vorbeigehen sah. Er war stolz, dass seine Tochter einen jungen Mann mit so vielen Qualitäten heiraten würde. Er spürte, dass sie glücklich werden und die Dinge in den Griff bekommen würden, denn beide waren zielstrebig und hegten echte Gefühle füreinander. Buh schien sich Sorgen zu machen, er lief, ohne nach rechts und links zu blicken. René Vendrèche erschien laut gähnend auf der Vortreppe seines Grabmals und warf die Arme in die Höhe, als wolle er den Himmel boxen. Balthazar nickte ihm freundschaftlich zu und stellte fest, dass Renés Gesicht übel zugerichtet war, was er auf die Folgen übermäßigen Alkoholgenusses zurückführte. Wie so viele Menschen trank René Vendrèche zwar nicht, war aber häufig betrunken.

Auf dem Friedhof war es bis auf ein paar Hammerschläge aus dem Mausoleum der Stoffets sehr ruhig. Alle Kartenspieler und Fans von Fußballübertragungen im Fernsehen lagen noch in ihren Betten. Balthazar liebte den Duft des frühen Morgens, der aus dem Gras aufstieg und aus den leichten Nebelschleiern über der Landschaft niedersank. Schon vertrieb die Sonne die Finsternis aus den Nischen zwischen den Gebäuden, leuchtete in Ecken, in denen nichts Besonderes geschah, und verlieh allem, was aufrecht stand, einen Schatten. Es war der einzige Augenblick am Tag, der einen Menschen davon überzeugen konnte, dass es eine Zukunft gibt und dass jeder Blüte und jedem Blatt Glücksgefühle innewohnen, in welche die laue Luft sich verliebt. Auch kleine Tiere und Vögel wurden zu dieser frühen Stunde kühner. Eichhörnchen hoppelten über den Rasen und tranken aus einem der zahlreichen Brunnen.

Ein schrilles Pfeifen verkündete Balthazar, dass der Kaffee fertig war. Noch einmal ließ er den Blick über die unglaubliche Kulisse schweifen, die stellenweise an eine Filmstadt erinnerte. Auf keinen Fall, so dachte er, hat man den Eindruck, auf einem Friedhof zu sein. Das hatten ihm auch schon andere bestätigt. Tatsache war, dass er sich wohler fühlte als je zuvor in seinem Leben. Dass Monique jetzt heiraten und ihn damit von einer schweren Last befreien würde, hatte eine Menge damit zu tun.

Gegen Mittag nahm Anne-Marie Mingue nach einem geradezu bleiernen Schlaf eine Art Frühstück ein. Dazu hatte sie ihren Tisch ans Fenster ihres Zimmers geschoben. Eine Tasse Tee und eine Zigarette erleichterten ihr den Start in den Tag. Normalerweise brauchte sie nicht mehr. Vor allem nicht hier auf dem Land, das sie zutiefst, bis an die Grenze des Ekels, verabscheute. Als sie gerade die zweite Zigarette anzündete, um den Geschmack der ersten zu bestätigen, klopfte es an ihrer Tür. Sie ging davon aus, es sei einer der Jungs aus dem Team, der aus der Stadt zurückgekehrt war, und rief, er könne hereinkommen, es wäre offen.

Es war René Vendrèche, mit breiter Brust und verwüstetem, geschwollenem Gesicht. Seine Nase hatte ihr Volumen verdoppelt und seine Unterlippe war aufgeplatzt.

Der Besuch war ihr alles andere als angenehm, doch sie bat ihn, sich auf die Bettkante zu setzen, was er mit übertrieben majestätischen Bewegungen auch tat.

»Der unbezwingbare René Vendrèche steht zu Ihren Diensten, liebe Anne-Marie. Ich habe mich umgezogen. Mein Hemd von gestern war so rot wie das eines Kriegers mit durchbohrter Brust und ausgebluteten Herzen. Für Sie habe ich mich an die Spitze eines Kreuzzuges, eines heiligen Krieges gesetzt. Die Guerilla gebärdete sich gnadenlos. Der Feind fuhr schwerste Geschütze auf. Ich sah mich zu einem strategischen Rückzug gezwungen, tröstete mich aber mit dem Wort des großen Mannes, demzufolge ich zwar eine Schlacht, nicht aber den Krieg verloren hatte. Die Nacht verbrachte ich den Unbilden der Witterung ausgesetzt im Schützengraben und war den Anzüglichkeiten der Schaulustigen und der Verachtung der Truppenangehörigen ausgeliefert, die samt und sonders initiativlose Versager sind. Doch nicht ein einziges Mal dachte ich an Kapitulation. Ich dachte nur an Sie, liebe Anne-Marie. Sie sind der Lorbeer des Siegers und der Orden des Triumphs und der Kriegsehre – natürlich immer im Sinne des Genfer Abkommens, wie ich hinzufügen möchte.«

Er wirkte noch verrückter als am Vortag, ließ den Kopf nach rechts und links baumeln, kratzte sich am Ellbogen und zwickte sich in die Nase, schlug sich mit der Faust gegen die Brust und wand sich auf dem Bett wie ein Hund, der sich in einer Wurstpelle wälzt.

»Was verschafft mir die Ehre Ihres Besuchs, lieber René?«, fragte sie und versuchte ein Lächeln.

»Die Sache ist unter Dach und Fach«, prahlte René und zwinkerte ihr zu.

»Was meinen Sie mit ›Die Sache ist unter Dach und Fach‹, lieber René? Bedeutet es, dass ich Zugang zum Friedhof erhalte?«

»So gut wie. Es gibt noch zwei oder drei Unbelehrbare, die sich dem entgegenstellen, aber sie tun es eher, um ihr Gesicht zu wahren. Ich lasse sie einfach am langen Arm verhungern. Morgen ist auch noch ein Tag.«

»Aber heute ebenfalls, lieber René«, murmelte Anne-Marie.

»Sicher, sicher, liebe Anne-Marie, aber der heutige Tag ist nur der Auftakt für morgen, wenn Sie verstehen, was ich meine.«

»Ich glaube es erst, wenn ich mit eigenen Augen sehe, wie sich die Tore des Friedhofs für mein Kamerateam öffnen. Aber so wie es aussieht, sind wir noch nicht so weit.«

»Aber natürlich sind wir das, liebe Anne-Marie. Ich habe meine Befugnisse an einen Mann meines Vertrauens delegiert, einen ausgezeichneten Unterhändler, dem ich die Verhandlungsvollmacht erteilt habe. Ein Mann, der es in Rom zum apostolischen Nuntius gebracht hätte. Eine Eminenz, die sich ihrer Grauheit bewusst ist. Dieser Mann wird sie sich alle zur Brust nehmen.«

Anne-Marie machte sich Sorgen um seine Gesundheit und fragte ihn, ob er eine Tasse Tee trinken wolle. Er machte einen äußerst seltsamen Eindruck auf sie, was aber nur daran lag, dass sie ihn noch nicht lang genug kannte. In Neuville störte sich niemand an seinem Verhalten, das anderswo vermutlich zu einem längeren Aufenthalt in einer psychiatrischen Anstalt geführt hätte.

»Liebste Anne-Marie, wenn ich gekommen wäre,

um mit Ihnen eine Tasse Tee zu trinken, hätte ich Sie unten in der Bar erwartet, nicht wahr? Dass ich mir gestatte, in Ihren persönlichen Bereich einzudringen, liegt einzig daran, dass ich Sie an unsere Übereinkunft erinnern möchte. Ich bin der Überzeugung, meinen Teil unseres Abkommens erfüllt zu haben, und erwarte von Ihnen, liebe Anne-Marie, dass auch Sie sich an Ihre Zusage halten. Der Ort erscheint mir dafür geeignet. Ich fühle mich in ausgezeichneter Verfassung und könnte mir vorstellen, dass Sie darauf brennen, sich, wenn nicht einer Schuld, so doch einer Aufgabe zu entledigen. Vielleicht sollten wir die Modalitäten erörtern und ein Vorgehen festlegen. Schließlich haben wir Zeit. Überdies muss ich zugeben, dass ich neugierig bin, wie Sie sich der Angelegenheit annehmen.«

Stoffet hatte René Vendrèche nicht belogen. Er war entschlossen, sich mit allem zu befassen. Während er Rohre für eine zukünftige Badewanne zusammenschweißte, hatte er an einem geeigneten Satz gefeilt:

»Es ist an der Zeit, weniger zögerlich zu verfahren, Kameraden.«

Es war ein hübscher Satz. Einer, der sinnvoll war. Zunächst hatte er daran gedacht, sich an »meine lieben Freunde« zu wenden, aber nach längerer Überlegung war ihm das Wort »Kameraden« entschlossener und vor allen Dingen männlicher erschienen. Damit gedachte er vor allem die Herzen der Mutigeren anzurühren, die zu überzeugen er sich verpflichtet fühlte.

»Was gut für den Friedhof ist, ist auch gut für das Dorf«, fuhr er fort, »und was gut für das Dorf ist, ist auch gut für den Friedhof.«

Auch diese Formulierung würde den Angesprochenen gefallen. Danach ließ er das Fernsehen einfließen, hielt ein Plädoyer zugunsten des Kulturerbes und schloss mit einer Verherrlichung der Zukunft. Dem würde auf Dauer niemand widerstehen können.

»Was willst du uns eigentlich damit sagen?«, fragte jemand.

Die Frage überrumpelte ihn, vor allem, weil die Antwort ihn zwang, die Karten auf den Tisch zu legen. Er musste zugeben, dass er vorhatte, sein Grabmal zu seinem Erstwohnsitz zu machen und so bald wie möglich dort einzuziehen – am besten noch vor der kalten Jahreszeit. Er dachte an den Balken, an dem er sich beim Einwecken seiner Wurst schon tausendmal beinahe den Schädel gespalten hatte. Auch das Dach musste bald hergerichtet werden, und eine Mauer drohte förmlich einzustürzen. Raoulette behauptete zwar, sie hielte noch mindestens hundert Jahre, aber er als Mann spürte, dass sie nur noch wie durch ein Wunder aufrecht stand.

»Was ich sagen will? Nun, ich bin der Meinung, dass wir dem Fernsehen erlauben sollten, unseren Friedhof von innen zu filmen. Wir sollten der Welt zeigen, dass die Bewohner von Neuville offen für alles sind und nichts zu verbergen haben. Kurz und gut, dass wir modern sind. Ihr seid doch auch der Ansicht, dass man unbedingt modern sein sollte, oder?«

»Unbedingt.«

»Es gibt Leute, die behaupten, dass wir noch im finstersten Mittelalter stecken, uns in unserer Zwingermentalität suhlen und dem Zeitgeist hinterherhinken. Ich weiß sehr wohl, dass der äußere Schein nicht unbedingt für uns spricht. Das Fernsehen abzulehnen heißt aber, die Moderne abzulehnen. Bis heute Morgen habe auch ich das Fernsehen abgelehnt und meinen Irrtum nicht erkannt. Ich war altmodisch, ein Höhlenmensch, ein Dummkopf. Doch ich habe mich auf den Weg nach Damaskus gemacht, und plötzlich sah ich Licht. Fiat lux, wie Tiberius sagt. Ich begriff, dass es zeitgemäß ist, modern zu sein.«

Stoffet war sein ganzes Leben hindurch wortkarg gewesen und hatte sich meist schweigsamer Doppeldeutigkeit befleißigt. Noch nie hatte er eine derart lange, politisch geprägte und vor Philosophie triefende Rede gehalten. Die »Kameraden« spürten, dass das, was sie da hörten, etwas bedeutete – was aber genau dieses Etwas war, wussten sie nicht so recht. Sie wiegten die Köpfe und setzten verständnisvolle Mienen und ein Lächeln auf, das sie für beifällig hielten.

»Einverstanden«, sagte einer, »aber was genau willst du uns jetzt sagen?«

Anne-Marie war beim Fernsehen ein echter Profi. Sie praktizierte Fellatio mit einer Kaltblütigkeit, die Leute ihres Fachs auszeichnet. Eine abnehmende Zahl erigierter Penisse begleitete ihre Karriere. Zu

Beginn, als junge Volontärin, hatte sie alle und jeden in finsteren Ecken, Toiletten und Autos, im Müllraum, im Besenschrank und hinter dem Kaffeeautomaten gelutscht – überall dort, wo sie eine vernünftige Chance auf ein berufliches Weiterkommen vermutete. Mit dreiundzwanzig Jahren leckte sie ihren ersten Sportjournalisten, einen Star, der dreimal wöchentlich und während der Meisterschaften sogar täglich auf Sendung ging.

Eine Zeit lang war sie, ohne es sich eingestehen zu wollen, sehr verliebt in einen Schriftsteller gewesen, der zwar Talent hatte, dessen Bekanntheit jedoch zu wünschen übrig ließ. Eines beschwingten Abends, als sie mit ihren Gefühlen am Ende war – so, wie man mit den Nerven am Ende ist –, offenbarte sie sich ihm. Er war ein Mann ohne große Ambitionen, setzte jedoch seine Ehre darein, die Frauen, die er liebte, nicht zu enttäuschen. Als sie seine Wohnung verließ, begriff Anne-Marie, dass sie zwischen ihrer Liebe und ihrer Karriere beim Fernsehen wählen musste, und kehrte zu ihrem Sportjournalisten zurück.

Eine Woche später leckte sie den Chefredakteur. Dies stellte sich als gelungener Schachzug heraus, denn der Chefredakteur ging acht Monate später in den Ruhestand und machte in der ihm verbleibenden Zeit seinen gesamten Einfluss geltend, dieser vielversprechenden jungen Dame den Weg zu ebnen. Er empfahl ihr einen Blowjob beim Intendanten, den sie umgehend in die Tat umsetzte. In der Folgezeit leckte sie jede wichtige Persönlichkeit, die eine aufstrebende junge Journalistin auf der Karriereleiter von der Anonymität bis hin zum Licht der Scheinwerfer lecken musste. So lutschte sie einen Parlamentarier, mehrere schrecklich alte Senatoren, einige Industrielle, die sich als Sponsoren hervortaten und eine ganze Reihe Honoratioren, bei denen sie sich nicht einmal die Zeit nahm, ihnen ins Gesicht zu schauen.

Nichtsdestoweniger ging sie nie unüberlegt vor. Mit der Zeit erreichte sie ein Niveau, das nur noch Aufsichtsratsvorsitzende oder schlimmstenfalls Vizepräsidenten zuließ. Sie blies in Paris, was einem staatlichen Diplom vergleichbar war. In Berlin, anlässlich eines Seminars über Berufsethos in der regionalen Informationspolitik, leckte sie einen Unterstaatssekretär – einen Dummkopf, der seine Eichel mit Rasierwasser parfümiert hatte, dem sie aber ihren ersten Job als Nachrichtensprecherin eines Regionalsenders zu verdanken hatte. Seitdem blies sie nur noch in Notfällen, oder um jemandem, den sie gut kannte, eine Freude zu machen.

René Vendrèche sah ihr prahlerisch, aber mit einem Anflug von Jubel, direkt in die Augen.

»Was erwarten Sie denn von mir, René?«, erkundigte sich Anne-Marie, nicht im Mindesten beunruhigt.

»Nun, das weiß ich nicht so recht. Ich habe mein Menschenmöglichstes getan, um Ihnen die Genehmigung zu beschaffen, auf dem Friedhof zu filmen. Im Gegenzug sollten Sie Ihr Menschenmöglichstes tun, mich zufriedenzustellen. Das halte ich für normal.«

»Ich bin aber noch längst nicht auf dem Friedhof.«

»Keine Ausreden, Anne-Marie. Mein Minister für delikate Angelegenheiten hat seine Befehle erhalten. Er verfügt, was zu verfügen ist. Natürlich unter meiner Kontrolle. Ich bin sicher, dass Sie noch vor der Mittagszeit einen Anruf erhalten werden.«

»Bis dahin sind es noch zwei Stunden, René.«

»Dann warte ich eben zwei Stunden. Und in diesen zwei Stunden tun Sie mit mir, was getan werden muss, einverstanden?«

»Was getan werden muss? Was verstehen Sie darunter?«

»Das müssen Sie schon selbst herausfinden, Anne-Marie. Wir kennen uns hinreichend, um uns auch ohne große Worte zu verstehen. Ich habe meinen Teil erfüllt und erwarte meine Belohnung.«

Im Grunde war sie eine ehrbare junge Frau. Sie lutschte, weil sie niemandem etwas schuldig sein wollte. Aber sie blies auch aus Menschenfreundlichkeit. Irgendwann einmal hatte sie einem fast hundertjährigen Spanier einen geblasen, weil er sich beklagt hatte, dass die Nonnen ihm niemals auch nur die kleinste Gunst erwiesen, noch nicht einmal, Weihnachten mit ein wenig menschlicher Wärme zu feiern. Er war früher einmal Kriegsberichterstatter gewesen, hatte sich während der Franco-Zeit nach Frankreich abgesetzt und dort Berühmtheit erlangt. Ein netter Kerl. Aber die Welt des Fernsehens ist nun einmal undankbar, vergesslich und dümmer als jedes Tier. Anne-Marie hatte den alten Mann im Verlauf einer Reportage in einem Altenheim kennengelernt und gleich Sympathien für ihn gehegt. In der Folge hatte sie ihn alle paar Monate besucht, um ihm ein wenig Vergnügen zu bereiten. Denn genau das war es, was er brauchte, wie so viele Menschen, die ihr Leben genossen haben und bis zu ihrem Tod in Erinnerungen schwelgen.

Ob man jedoch einem spanischen Greis ein wenig Zerstreuung verschaffte oder einem Bauerntölpel wie René Vendrèche einen blies, da konnte man schon ins Stocken geraten – selbst eine kampferprobte Frau wie sie. Auch wenn sie weder geizte noch viel Aufhebens um ihre Würde machte, hielt sie es dennoch für ihre Pflicht, sich in ihrem Intimleben eine gewisse Achtbarkeit zu erhalten. So würde sie es zum Beispiel nie und nimmer einem Mann mit rechter Gesinnung besorgen. Es waren gerade solche Details, die ihr in ihrem Metier den Ruf eingebracht hatten, sich stets moralisch und ethisch korrekt sowie prinzipientreu zu verhalten.

Sie entschloss sich, dem Interimsbürgermeister keinen zu blasen, sah jedoch keinen Grund, ihn nicht zu masturbieren, und zwar mit der ganzen Hand, nicht mit den Fingerspitzen – ohne besondere Finesse oder Gefühle, sondern lediglich mit der leisen Gereiztheit, die jemand an den Tag legt, der eine nicht gerechtfertigte Schuld bezahlen soll.

»Nun«, knurrte René Vendrèche, »wird das heute noch was, oder wollen Sie bis zum Sankt-Nimmerleins-Tag warten? Als galanter Mensch überlasse ich selbstverständlich Ihnen die Initiative. Wie wäre es von hinten, junge Frau? Hündchenstellung, so nennt man das wohl, ich habe einmal beobachtet, wie der frühere Bürgermeister es auf diese Weise im Stehen im Sitzungssaal trieb. Sein Name war Albert Pneu, ein sehr heißblütiger Mensch. Die Lehrerin hatte danach einen ganz merkwürdigen Gang. Er hat ihr den Schritt demoliert, einfach so. Danach musste sie zum Orthopäden. Sie bekam Einlegesohlen, um die Deformierung auszugleichen, die sie sich in dieser Stellung geholt hat. Ich persönlich würde einer Frau, die ich liebe, niemals die Hündchenstellung vorschlagen, denn ich möchte nicht, dass sie anschließend Probleme beim Gehen hat. Als Interimsbürgermeister und derzeitiges Oberhaupt des Gemeinderats ist mir jedweder Machtmissbrauch zuwider. Ich bin kein Despot, ganz und gar nicht. Aber ob in El Paso oder in Neuville – Recht und Ordnung müssen überall herrschen. Das ist meine Meinung. Verstehen Sie, was ich meine?«

Da gab es nichts zu verstehen. Sie zündete sich eine weitere Zigarette an und warf einen Blick auf ihre Uhr. Ihr Leidensweg war noch längst nicht zu Ende. Mit Männern wie diesem vergeht die Zeit nur langsam, sie schleppt sich dahin. Sie stand auf und trat ans Fenster. In der Ferne näherte sich das Fahrzeug der Techniker. Die Geschichte nahm ihren Lauf.

Balthazar nickte. Stoffet nickte ebenfalls. Das Nicken des einen war jedoch nicht deckungsgleich mit dem des anderen, denn die Verhandlungen hatten gerade erst begonnen.

»Verstehst du, Balthazar?«, nickte Vater Stoffet.

»Ich verstehe, ohne zu begreifen«, nickte Balthazar.

»Ich finde, jeder sollte mit seinem Eigentum machen, was er will – egal, ob es um sein Geld, seine Frau oder seine Kinder geht, das will ich gar nicht kritisieren.«

»Du weißt sehr wohl, dass Familienbräuche Privatsache sind, Stoffet. Vor allem, wenn sie schon seit Jahrhunderten praktiziert werden. Ich kann nichts dafür, ich bin lediglich Opfer einer Familientradition, und das ist auch für mich nicht ganz einfach, das kann ich dir sagen. Aber in der Bibel stehen ähnliche Fälle geschrieben. Ach, was sage ich, nicht nur ähnliche, sondern identische. Ich bin gerade dabei, mich kundig zu machen.«

»Trotzdem gibt es da Unterschiede. In biblischen Zeiten war die Wissenschaft einfach noch nicht so weit wie heute.«

»Was führst du eigentlich im Schilde, Stoffet? Du schleichst wie die Katze um den heißen Brei, vielleicht solltest du mal langsam zu Potte kommen.«

Wie zur Bestätigung des Gesagten schloss Balthazar die Augen und nickte fortan mit einer gewissen Ernsthaftigkeit. Stoffets Antwort ließ nicht lange auf sich warten. Er nickte mit Hingabe weiter, was bedeuten sollte, dass er seinem Gesprächspartner zwar durchaus Recht gab, allerdings nicht bereit war, seiner Bitte Folge zu leisten.

»Ich verstehe dich, Balthazar«, räumte er ein, »aber du musst auch mich verstehen. Ich mag deine

Monique. Sehr sogar. Und als Majorette ist sie bewundernswert. Ich bin auch der Meinung, dass sie meinen Buh glücklich machen wird. Sie ist wirklich toll.«

»Sie kommt eben ganz nach ihrem Vater«, bemerkte Balthazar, ohne mit dem Nicken aufzuhören, das nun allerdings freundlicher wirkte.

»Trotzdem sehe ich mich vor dem Hintergrund meiner philosophischen und religiösen Prinzipien außerstande, das junge Paar bei uns wohnen zu lassen«, fuhr Stoffet fort. »Diese Angelegenheit fällt in deinen Bereich, Balthazar.«

»Aber bei uns ist es zu eng, Stoffet. In der heutigen Zeit ist Promiskuität nicht gerade angesagt, oder? Daher muss ich leider ablehnen, das junge Paar zu beherbergen. Schade um Buh, den ich wirklich schon liebe wie einen eigenen Sohn.«

»Übertreib es nicht mit deiner Liebe«, scherzte Stoffet.

Aber auch sein Nicken war umgänglicher geworden. Jetzt wusste er, worauf das Ganze hinauslief, er war sogar der Meinung, die Situation unter Kontrolle zu haben.

»Es gäbe da eine Lösung, Balthazar«, sagte er und hörte auf zu nicken.

Balthazar spitzte die Ohren. Da er nicht in der Lage war, beide Bewegungen zu koordinieren, musste er sein Nicken kurzerhand ebenfalls beenden. Stoffet deutete auf die Rohre, die er verlegt hatte.

»Gute Arbeit«, lobte Balthazar knapp, musterte die Installation aber aufmerksam. Seinen fragenden

Blick unterstrich er mit einer ebensolchen Kopfbewegung, was Stoffet die Mühe ersparte, Unausgesprochenes begreifen zu müssen.

»Hier fehlt nur noch die Badewanne, wenn du verstehst, was ich meine, Balthazar ...«

Balthazar begriff, dass es allein von ihm abhing, ob Buh und Monique heiraten und in eine ihrer Liebe würdige Wohnung einziehen würden.

Anne-Marie beobachtete die Ankunft des Technikerteams mit Erleichterung.

»Schade«, seufzte sie und drehte sich zu René Vendrèche um. »Uns bleibt keine Zeit, uns miteinander zu vergnügen. Aber aufgeschoben ist nicht aufgehoben.«

»Ich bin enttäuscht«, seufzte der Interimsbürgermeister. »Wirklich sehr enttäuscht.«

»Aber Ihnen geht durch das Warten doch nichts verloren«, versicherte ihm die junge und schöne Journalistin.

Gegen Mittag öffnete man ihr das Tor zum Friedhof weit. Balthazar und Stoffet war es gelungen, die männliche Dorfbevölkerung davon zu überzeugen, dass ein wenig Werbung ihrem abgelegenen Winkel sicher nicht schaden würde. René Vendrèche nahm seinen Triumph verdrießlich auf. Er lungerte in der Nähe des Kamerateams herum und wartete auf eine Gelegenheit, sich auf dem Bildschirm zu zeigen. Dabei warf er Anne-Marie Mingue sehnsüchtige Blicke zu, immer in der Hoffnung, ihre Aufmerksamkeit zu erregen oder wenigstens einen komplizenhaften Blick oder ein Zeichen der Dankbarkeit zu erhaschen. Doch die Blondine war als Profi ganz in ihrem Element und hielt Abstand. Sie wandte ihm sogar den Rücken zu. Renés Gesicht wurde immer länger. Er hatte nicht übel Lust, seine Stirn wieder gegen einen Stein oder einen Pfeiler zu rammen. Als Vater Stoffet ihm in wohlgesetzten Worten gratulierte, die eigentlich nur dazu gedacht waren, ihn abzulenken, reagierte René nicht einmal.

»He, René, dein Name wird sicher in die Geschichtsbücher eingehen. Du bist ein Mann der Öffnung. Das Dorf hat dir sehr viel zu verdanken. Du hast an einem einzigen Tag mehr für unsere Entwicklung getan als Albert Pneu in einem ganzen Jahrzehnt. Ich frage mich, ob dein Talent als Visionär dir nicht eines Tages gar einen Orden einbringt. Zum Beispiel den der Ehrenlegion.«

Hinter ihm stand Balthazar und lachte sich ins Fäustchen. Die stolzen Neuviller wurden interviewt und ließen sich in ihren jeweiligen Grabmalen ablichten. Manche entfernten sogar die Grabplatte und legten sich steif und mit auf der Brust verschränkten Händen wie echte Leichen in die Vertiefung.

Insgesamt bedauerten nur wenige Einwohner die so rasch eingetretene veränderte Situation. Manche fragten sich bereits, wie es wohl nach diesem Tag weitergehen würde. Die Liberalsten unter ihnen äußerten die Ansicht, es wäre vielleicht nicht die schlechteste Lösung, den Friedhof für Touristen zu öffnen. Man dachte sogar daran, Geld für den Eintritt zu verlangen, als weitere Einkommensquelle für Neuville, schließlich waren die Einkünfte im letzten Jahrhundert so gut wie überhaupt nicht gestiegen. Die Gemeinde war zwar nicht wirklich arm, doch das Budget bot keinen Anlass zu wahrem Hochgefühl. Ganz im Gegensatz zu Sprigny, das nicht nur von der Landwirtschaft, sondern auch von der Genossenschaft, einer Fabrik für Gurtverschlüsse sowie einem Fischzuchtunternehmen profitierte. Diese Einkünfte ermöglichten dem Ort Verschönerungs- und Modernisierungsmaßnahmen, die den gesamten Bezirk mit Stolz erfüllten und Sprigny in gewisser Weise so etwas wie den Status einer Hauptstadt verliehen.

»Eines Tages wird Neuville bekannter sein als Sprigny«, hatte Marron Tousseul vorhergesagt.

Die anderen hatten weise genickt, denn Marron Tousseul gehörte zu den Männern, die wussten, was sie sagten.

Abgesehen von René Vendrèche, von dem Anne-Marie Mingue sich mit wortreichen Entschuldigungen verabschiedete, ehe sie das Dorf verließ, wobei sie immer wieder betonte, dass aufgeschoben nicht aufgehoben sei, waren sich die übrigen Dorfbewohner einig, dass man diesen Tag rot im Kalender anstreichen müsse, schließlich habe man gleich zwei Fliegen mit einer Klappe geschlagen. Denn zum einen würde Neuville aus seinem tausendjährigen Dornröschenschlaf erwachen, nun, da es sich endlich eines kulturellen Schatzes rühmen durfte, der von einem wichtigen Fernsehkanal ins rechte Licht gerückt werden würde. Und zum anderen war es den Bewohnern gelungen, innerhalb weniger Stunden auf moderne Zivilisation, fortschrittliches Gedankengut und auf die Extravaganz eines ganz dem Zynismus der Kommunikation unterworfenen Zeitalters umzuschwenken.

Vater Stoffet schämte sich nicht länger, am Ende der Rohre, die er bereits vor einiger Zeit in den Wänden seines Grabmals hochgezogen hatte, eine Badewanne und eine Duschkabine zu installieren. Er forderte die anderen sogar auf, es ihm gleichzutun. Kurz darauf trennte er das Bad mit Gipskartonplatten ab. Und da er nun schon einmal voller Elan dabei war, errichtete er ohne jeglichen Hintergedanken, einfach weil es ihm logisch erschien, weitere Wände zur Abgrenzung einer Küche, eines Esszimmers, einer Toilette, eines Wohnzimmers sowie mehrerer Schlafzimmer. Dann kamen die Möbel. Sie wurden an Stellen aufgebaut, die nicht unbedingt dafür vorgesehen waren, sich aber dank einer glücklichen Fügung wunderbar eigneten, einen Herd, einen Kühlschrank, ein Bett oder einen Wäscheschrank aufzunehmen.

»Das passt ja wirklich haargenau«, wiederholte Vater Stoffet.

Zunächst kehrte er zum Essen noch in sein altes Haus zurück, betrachtete das jedoch schon bald als Zeitverschwendung und bat Raoulette, ihm mittags einen Henkelmann zu bringen. Natürlich aßen sie gemeinsam an ihrem Tisch im Grabmal. Als der Herd angeschlossen war, erschien es Raoulette praktischer, gleich im Mausoleum zu kochen, weil sie sich so den Weg zwischen Grab und Haus ersparte. Immerhin bot das Grab Komfort und Bequemlichkeit. Vater Stoffet war kein Mann für halbe Sachen. Sein Grab verfügte über einen Geschirrspüler, der direkt aus Sprigny geliefert worden war.

»Bar bezahlt«, prahlte er und kratzte mit dem Daumen über die Geldbeuteltasche.

»Verrückt ...«, lautete Raoulettes Reaktion.

Sie hatte Tränen in den Augen. Manchmal machten sie es sich am Fenster bequem, schauten hinaus und erfreuten sich der schönen Umgebung mit dem Seufzen zufriedener Eigentümer.

»Raoulette, ich denke, du solltest für heute Abend Vaseline besorgen«, murmelte Stoffet.

»Hier auf dem Friedhof? In unserem Grab?«, entrüstete sich Raoulette.

»Willst du es lieber ohne Vaseline machen?«, knurrte Stoffet.

»Aber wir sind doch hier nicht richtig zu Hause. Ich bin noch viel zu sehr beeindruckt.«

»Aber wir müssen etwas Nachhaltiges tun, um unser neues Revier abzustecken, Raoulette. Ich glaube, das ist wichtig. Gemeinsam sind wir stark.«

Raoulette blickte in die Abenddämmerung hinaus. Wäre es nur um sie gegangen, hätte sie das Nachhaltige gern um ein paar Wochen oder wenigstens ein paar Tage verschoben. Natürlich widersetzte sie sich nicht. Zum einen, weil sie selbst Lust dazu hatte, und zum anderen, weil sie ihrem Mann eine Freude machen wollte.

»Es ist eine Art Einweihungsfeier«, erklärte Stoffet.

Raoulette freute sich, dass sie die Geistesgegenwart besessen hatte, eine neue Tube zu besorgen.

Die Ausstrahlung der Fernsehsendung war dem Renommee Neuvilles zuträglicher als tausend Jahre Geschichte. Kaum eine Woche später war die Mehrzahl der Dorfbewohner in ihr Grabmal übergesiedelt. Alle waren sehr zufrieden. Die Verbesserung des Wohnumfeldes brachte einen deutlichen Fortschritt mit sich, »einen Sprung nach vorn«, wie René Vendrèche es ausdrückte. Nun, da sie auf ihre Weise Zugang zu einer medial geprägten Gesellschaft gefunden hatten, fühlten sich die Neuviller endlich modern. Völlig zu Recht gingen sie davon aus, dass ein Mensch seiner Zeit voraus ist, wenn er sein Grab schon zu Lebzeiten bewohnt. Stolzes Glück ließ ihre Brust anschwellen, inspirierte sie zu Nachbarschaftsfesten und zog Gastfreundschaft und philosophische Gespräche nach sich.

Ansonsten ging das Leben weiter wie immer. Die Witwe Dorval empfing nach wie vor die Zuneigungsbekundungen Napoléon Beloeils. Sie hatte davon abgesehen, die sterblichen Überreste des Müllers in das neue Grab überführen zu lassen, und Napoléon sah darin einen Liebesbeweis, der ihm Anlass zur Hoffnung bot.

Mit einer Regelmäßigkeit, die Fricoteau immer wieder verblüffte, schlief Odette Pneu in einem bequemen Eckchen ihres Grabmals ein. Fricoteau drang in sie ein, fühlte sich aber in zunehmendem Maße beunruhigt, weil er sich auf Dauer fragte, ob er sich durch den Beischlaf mit der arglosen Witwe nicht einen unzulässigen Vorteil verschaffte. Während er sich auf ihr abmühte, konnte er das Bedürfnis nicht unterdrücken, ihr mit halblauter Stimme poetische Botschaften ins Ohr zu flüstern, die weder mit einer höchst männlichen Auffassung von Poesie und beeindruckend deutlichen Worten noch mit ausgesprochen schlüpfrigen Formulierungen geizten. Im Gesicht der schlafenden Odette spiegelte sich Verzückung. Manchmal sprach auch sie, murmelte Dinge von vollendeter Vulgarität und wahrhaft unfeine Sätze. Mit unerhörter Genauigkeit äußerte sie sich über ihre wachsende Erregung, sprach über ihre geheimsten Stellen, beanstandete das Volumen von Fricoteaus Geschlechtsorgan, forderte ein höheres Tempo und formulierte derart tollkühne Sonderwünsche, dass es beinahe an Lasterhaftigkeit grenzte.

Aber kein Mensch auf der Welt ist für sein Gerede im Traum verantwortlich. Das Unterbewusstsein folgt seinen eigenen Gesetzen, die mit dem Bewusstsein nicht das Geringste zu tun haben. In der Unergründlichkeit ihres Schlafs erwies sich die höchst moralische Odette Pneu, Witwe eines heldenhaften Bürgermeisters und selbst fast eine Heilige, als ausgesprochen ungehemmt bezüglich der Anstößigkeiten gewisser Sinnenreize. Nicht nur, dass sie jede Stellung mitmachte, sie forderte darüber hinaus derart ausgeklügelte Verrenkungen, dass Fricoteau abends Bücher studieren musste, um am nächsten Tag den Ansprüchen der Witwe genügen zu können.

Wenn er ihr in aller Öffentlichkeit auf dem Friedhof begegnete, sprach sie beinahe wie mit einem Fremden zu ihm, erkundigte sich nach seiner Gesundheit, redete mit ihm über das Wetter oder die Blumen im Garten und nannte ihn ohne zu lächeln und ohne verräterischen Glanz in ihren Augen »Monsieur Fricoteau«, während sie sich in ihrer geheimen Beziehung schnell daran gewöhnt hatte, ihn mit den rüdesten Bezeichnungen eines äußerst erotischen Jargons zu bedenken. Sie qualifizierte ihn nach Zentimetern und nach seiner Größe, die ihr Vergnügen bereitete, nach der Geschwindigkeit, derer er sich befleißigte und nach seinem außergewöhnlichen Durchhaltevermögen. Seinen Namen erwähnte sie in solchen Momenten nie. Auch für sich selbst fand sie bisweilen recht rücksichtslose Bezeichnungen, erniedrigte sich zur obszönen Kreatur, bettelte darum, als Hetäre, gefallenes Mädchen, Bordsteinschwalbe oder gar Wilderes behandelt zu werden. Fricoteau litt sehr, weil er dazu neigte, Frauen im Allgemeinen und die Frau des verstorbenen Bürgermeisters im Besonderen zu idealisieren.

Nachdem Buh und Monique ihre Beziehung vor Staat und Kirche offiziell legalisiert hatten, zogen sie in Stoffets altes Haus ein. Die Hochzeitszeremonie entsprach den neuen Gepflogenheiten Neuvilles, und weil Anne-Marie Mingue sie aus nächster Nähe verfolgte, hatte die Dorfbevölkerung nach reiflicher

Überlegung beschlossen, die Feier traditionell und doch modern zu gestalten. Man kostümierte sich, trug dabei Stroh oder Pailletten, alte Säcke oder Leopardenfelle aus Nylon sowie Schnabelschuhe oder Fußwerk mit Plateausohlen. Im Umzug wurden religiöse Symbole ebenso mitgeführt wie Karnevalswagen. Vom Leuchtturm aus hatte man Schnüre zum Kirchturm, zum Blitzableiter des Rathauses, zu den Schornsteinen sämtlicher Häuser und zu jedem Grabmal des neuen Friedhofs gezogen und mit Fähnchen geschmückt. Nachts wurde all das zudem angestrahlt und wirkte nach den Worten des Interimsbürgermeisters René Vendrèche, der noch immer darauf hoffte, vom Wohlwollen des jungen und freundlichen Fernsehstars profitieren zu dürfen, ausgesprochen »festlich«. Weil Anne-Marie Mingue eine rechtschaffene junge Frau und auf ihre Art ein wenig sentimental war, gewährte sie ihm, was er ersehnte. Als am Abend der Hochzeit die Torte angeschnitten wurde, zog sie ihn hinaus in die Gasse neben der Pferdetränke und fragte ihn, worauf er wirklich Lust habe.

»Ich weiß es nicht«, stammelte er. »Was schlagen Sie vor?«

Sie zählte ihm ihre Spezialitäten auf, ohne auch nur eine einzige auszulassen, was ziemlich lange dauerte.

»Und was ist das Beste?«, erkundigte sich René Vendrèche, der schnell den Überblick verloren hatte.

»Alles ist gut«, sagte Anne-Marie Mingue und schüttelte ihre blonde Mähne.

»Was beinhaltet die ›Besondere Verlautbarung‹?«

»Wichsen mit gleichzeitigem Hodenreiben.«

»Das klingt gut, finde ich.«

»Bislang hat sich noch niemand beklagt. Unter uns, und bitte sagen Sie es nicht weiter: Mein Intendant ist ganz wild darauf.«

»Dann machen Sie mit mir, was Sie mit dem Intendanten machen?«

»Weil Sie es sind, René. Nur weil Sie es sind. Und Sie müssen schwören, dass Sie es nicht weitersagen.«

»Ich schwöre es, Anne-Marie. Ich schwöre es. Ich schwöre auf die Republik.«

»Gut, dann legen Sie los, René. Holen Sie sich einen runter und reiben Sie sich dabei die Hoden wie ein echter Intendant.«

»Was? Ich muss selbst Hand anlegen? Ich dachte, das läge in Ihrer Verantwortung.«

»Ich sehe Ihnen dabei zu. Ich bin Ihre einzige Zeugin, mache mir Notizen und gebe einen Live-Kommentar ab. Sie holen sich einen runter und reiben sich die Hoden wie ein Intendant. Sie werden sehen, wie viel Vergnügen es bereitet, es vor den Augen der Presse zu tun. Falls Ihnen der Sinn danach steht, den Genuss noch zu steigern, kann ich das Team bitten, Sie dabei zu filmen. Ergreifen Sie die Gelegenheit beim Schopf, René. Nicht jeden Tag interessiert sich ein Fernsehteam dafür, wie Sie Hand anlegen.«

»Bitte, keine Kameras. Ich bin immerhin Interimsbürgermeister. Nicht, dass ich die Fähigkeit meiner Mitbürger infrage stellen würde, die Situation richtig einzuschätzen, aber ich will der politischen Opposition keinesfalls eine Angriffsfläche liefern. Sie wissen ja, wie das auf dem Dorf ist. Man wird nur allzu schnell für etwas gehalten, das man gar nicht ist. Der Bauer vertraut nur dem Schein und neigt dazu, Sachverhalte in seinem Sinn zu interpretieren. Er zieht Rückschlüsse, die keinen Bezug zur Realität haben. Diesem Risiko möchte ich mich nicht aussetzen.«

»Anstatt lange herumzudiskutieren, sollten Sie die Sache jetzt lieber in die Hand nehmen, René. Ich habe noch anderes zu tun. Und sehen Sie mich an, während ich Ihnen dabei zuschaue, das hilft. Und los geht's. Vor, zurück, vor, zurück. Schneller! Schneller! Noch schneller!«

Mit halblauter Stimme kommentierte sie jeden Handgriff des Interimsbürgermeisters. Dabei imitierte sie mit der Hand ein Mikrofon, durch das sie ihre Ansprache an ein imaginäres Publikum richtete. Sie hob das überragende Talent des Athleten bei der Durchführung hervor, hielt den Atem an, als sich der entscheidende Augenblick näherte, wechselte von der Beschreibung des Wichsens zu der des gleichzeitigen Hodenreibens, das sie kühn, wie sie es auf der Journalistenschule gelernt hatte, mit einer Art Konzert für die linke Hand verglich.

»Wir werden hier Zeugen einer Offenbarung für die ganze Welt. René Vendrèche ist ein Ausnahmesportler, der König des Wichsens sozusagen. Seit Jahren bereitet er sich heimlich auf diesen Auftritt vor. Er wichst unbestreitbar munterer als ein Intendant. Und mit erheblich mehr Kraft und Einsatzwillen. Sein Angriffswinkel ist geradezu perfekt. Seine geschmeidigen Bewegungen gleiten weich von der Wurzel bis zur Eichel, ohne auch nur eine Sekunde nachzulassen. Federnde Eleganz und künstlerische Leichtigkeit kennzeichnen seinen Stil. Seine Inbrunst, Ausdruck einer einzigartigen Begabung, verspricht eine Ejakulation von beeindruckender Dimension. Nun werde ich mich einen Schritt zurückziehen, denn ich glaube, der erhabene Liquor steigt allmählich im Fallrohr empor. Man fühlt sich versucht, auszurufen: ›So sehen Sieger aus!‹ Die Arbeit der linken Hand am Hodensack erfolgt mit methodischem Gleichmaß. Sie verstärkt die Erektion und entlockt der Kehle des Virtuosen Geräusche, die auf das Erreichen der Zielgeraden hindeuten. Wirklich: So sehen Sieger aus! Meine sehr verehrten Damen und Herren, Momente wie dieser, den ich live und direkt verfolgen darf, hauchen dem schwierigen Beruf des Reporters Seele ein. Es ist ein Traum!«

Der Festzug drehte inzwischen seine dritte Runde um den Friedhof. Touristen drängten sich hinter eigens errichteten Barrieren. Hunderte Lichter erhellten die Nacht. Junge Leute schoben Karren mit Konfetti, Erfrischungen und Zigarren vor sich her. Wein und Bier flossen in Strömen. Man verdrückte zentnerweise Würste. Noch nie hatte ein Friedhof weniger nach Friedhof ausgesehen. Vielmehr erinnerte er an eine festliche Stadt, einen Vergnügungspark oder das Paradies auf Erden. Familien betraten und verließen ihr Grabmal mit stolzgeschwellter Brust und geradezu aristokratischem Gehabe.

Um dem durch den Tourismus hervorgerufenen Arbeitsaufwand Herr zu werden, hatte der Bäcker Alias Rangout drei Bäckerjungen aus den Dörfern der Umgebung eingestellt – zum ersten Mal in seiner Geschichte bedurfte Neuville fremder Arbeitskräfte. Aber der höhere Arbeitsaufwand machte sich nicht nur in der Bäckerei bemerkbar: Im Bistro Matouillet bedienten zwei liebenswürdige Kellnerinnen, die samstags und sonntags eigens aus Sprigny kamen. Das Rathaus hatte sich einen Baggerlader geleistet. Zwar wusste man noch nicht so genau, wozu die riesige Maschine genutzt werden sollte, doch nach eingehender Beratung hatte der Gemeinderat beschlossen, dass eine Gemeinde, die alle Möglichkeiten ausschöpfen wollte, unbedingt einen Baggerlader erwerben müsse. Man hatte ihn am Fuß des Leuchtturms geparkt, sozusagen als Symbol.

Weniger als ein Jahr nach der Einweihung von Stoffets Badewanne war der Ruf des von Clébac Darouin geplanten und finanzierten Friedhofs weit über die Grenzen des alten Europa hinausgedrungen. Die Anlage war zu einem beliebten Reiseziel für Amerikaner geworden. Die ersten kamen aus Boston, der Heimatstadt der Dynastie Darouin, und schon bald folgten ihnen weitere aus dieser Gegend. Später kamen auch von weiter westlich Touristen, nicht selten aus Hollywood, denn auch Filmemacher interessierten sich für die zwar extravagante, aber sowohl politisch korrekte als auch insgesamt makellos saubere Geschichte.

Die Mentalität der Neuviller entwickelte sich so rasant, dass die Verantwortlichen – allen voran René Vendrèche – schon bald zur Erbauung der zahlreichen Touristen aus der neuen Welt ein Becken mit Delfinen und Seelöwen mitten auf dem Friedhof errichten ließen. Man dachte über eine Achterbahn nach, und es gab Pläne, im Wald Hotelanlagen in Form luxuriösester Mausoleen zu bauen. Zu diesem Zweck bereisten Gemeinderatsmitglieder die ehemaligen Schlachtfelder Europas und besichtigten Beinhäuser und Nekropolen zur Inspiration für die Architektur der Grabmal-Hotels und – man sollte vor nichts zurückschrecken – eventueller Totenpaläste. Nachdem man in Neuville tausend Jahre lang immer nur gekleckert hatte, setzte man jetzt seine Ehre darein, richtig zu klotzen. Kolossal zu klotzen.

In der schönen Jahreszeit sorgten einige bulgarische Prostituierte für den Hauch von Poesie, ohne den Lebensqualität in einer modernen Stadt nicht denkbar ist. Ein paar Belgier, denen ihr Ruf als »Lieferanten des Königshauses« vorauseilte, hatten mehrere Frittenbuden eröffnet, weil man in den nördlich gelegenen Ländern ohne Fritten und Bier einfach nicht auskommt.

Unter der Woche war es in aller Regel ruhig, und die Neuviller arbeiteten wie verrückt an den Vorbereitungen für die Freizeitgestaltung am Wochenende. Vater Stoffet, der gern seinem Ruf als Visionär gerecht wurde, dachte daran, in spätestens zwei oder drei Jahren im Süden der Gemeinde ein Zweitgrab mit Blick auf den Fluss bauen zu lassen. Er dachte an ein Mausoleum im Kolonialstil und brütete fast jeden Abend über den Konstruktionsplänen. Wenn die Zeit kam, weckte er noch immer kiloweise Wurst in Flaschen ein – nur zum Vergnügen. Er hatte allerdings einen kleinen Betrieb gegründet, in dem ein Dutzend Arbeiter das ganze Jahr hindurch Wurst einweckte. Das Produkt war bei den Touristen sehr beliebt, und es waren auch schon Journalisten da gewesen, die ihn gefragt hatten, wie er auf die Idee mit der Wurst in Flaschen gekommen sei.

»Das war wegen meiner Schwägerin«, hatte er berichtet. »Sie ist nach Lourdes gepilgert, um sich bei der Jungfrau Maria für eine unverhoffte Fehlgeburt zu bedanken und brachte Lourdeswasser in Flaschen mit. Als ich diese Flaschen sah, kam mir der Gedanke, dass man das gleiche Prinzip ziemlich unkompliziert auch auf Wurst anwenden könnte. Ich habe es versucht, und es hat funktioniert. Inzwischen setze ich jedes Jahr tausend Hektoliter Wurst ab und habe mir angewöhnt, es für ein Wunder zu halten. Doch, ich glaube, es ist wirklich ein Wunder. Danke, Jungfrau Maria. Als kleine Anekdote möchte ich hinzufügen, dass meine erste Wurstflasche genau die Flasche war, die meine Schwägerin uns aus Lourdes mitgebracht hat. Wir hatten sie zum Aperitif geleert, und weil wir ein Gefäß, das einmal etwas Heiliges enthalten hat, nicht wegwerfen wollten, habe ich Wurst hineingestopft. Die Idee kam mir einfach so. Eine göttliche Eingebung. Fünf Minuten vorher wäre ich doch im Traum nicht darauf gekommen, Wurst in eine Flasche zu füllen. Wirklich nicht! Genaugenommen habe ich eigentlich nicht einmal besonders an Gott geglaubt.«

Nachdem die Gemeinde keine Geldsorgen mehr kannte, lag es den nun herrschaftlich in ihren Gräbern residierenden Neuvillern am Herzen, ihre alten Häuser wieder instand zu setzen. Die Überlegung hatte nichts mit Nostalgie zu tun, sondern mit Respekt für das Gemäuer, das sämtliche Familiengeheimnisse kannte. Hübsch renoviert würde man die Häuser als Bleibe für die jüngere Generation, als Übernachtungsmöglichkeit für Freunde oder auch als Pension nutzen können, denn es gab Touristen, die Wert auf größtmögliche Authentizität legten und so wohnen wollten wie die Neuviller.

An manchen Abenden überfiel Buh und Monique ein merkwürdiges Gefühl. Sie bekamen Lust, wegzufahren und sich in der weiten Welt umzusehen, Neuville zu verlassen und herauszufinden, ob es nicht auch anderswo Orte gab, an denen man so glücklich sein konnte wie in ihrem Dorf. Manchmal sprachen sie darüber und streichelten sich dabei voll sanfter Liebe über Wangen, Hände oder Arme. Weil sie im Dorf ständig Fremden über den Weg liefen, die sich offensichtlich sehr wohl fühlten, kam ihnen der Gedanke, dass sich jeder Mensch überall zu Hause fühlen konnte. Zwar träumten sie nicht von Amerika, aber manchmal überlegten sie flüchtig, einmal nach

Boston zu reisen und die Wiege der Dynastie Darouin zu besuchen. Zunächst jedoch sollte ihr Weg sie nach Deutschland und Italien führen, Länder, über die sie zwar nicht viel wussten, die den Karten zufolge aber fast vor der Haustür lagen. Abends sagten sie sich Städtenamen wie Berlin, Venedig, Verona, Köln, Hamburg oder Bremen auf, die einen Zauber in sich zu tragen schienen. Nach und nach verliebten sie sich in die große, weite Welt, und ohne es erklären zu können, waren sie überzeugt, dass ihnen nichts Besseres passieren konnte. Und dann liebten sie sich und tauschten Versprechungen aus, von denen eine schöner war als die andere.

Fricoteau wunderte sich nach wie vor darüber, dass er bei jedem Besuch die Witwe in tiefstem Koma versunken vorfand. Wenn der Briefträger oder eine Nachbarin bei Odette Pneu anklopfte, öffnete sie adrett gekleidet, ausgeruht und ganz und gar in Form. Sie schwatzte, bot Kaffee an und begleitete ihre Besucher bis zur Schwelle ihres Grabmals. Wenn jedoch Fricoteau erschien, ganz gleich, zu welcher Tageszeit, schlief sie. Der Schlummer schien sie manchmal überraschend zu überfallen, denn oft fand er sie in Stellungen, die einer Witwe nicht unbedingt würdig waren: den Rock bis über den Nabel zurückgeschlagen, auf allen vieren oder mit dem Hinterteil in der Luft über einen Sessel drapiert. Um sie nicht zu wecken, musste er sie dann in der entsprechenden Stellung nehmen, was ihm meist gut gefiel. Sobald er aber rücksichtsvoll in sie eindrang, war es meist so, dass er den tiefen Schlaf dieser bekümmerten Witwe offenbar doch ein wenig störte, denn sie bewegte das Becken auf eine Weise, dass Fricoteau nur allzu gern gewusst hätte, was sie in solchen Momenten träumte. Er wagte nicht, davon auszugehen, dass es lasterhaft sei oder gar eine Sünde und sie damit ohne ihr Wissen Gefahr lief, auf ewig in der Hölle zu schmoren, wie es die Heilige Schrift als Strafe für Sünderinnen vorsieht.

Eines Morgens fand er sie nackt auf dem Tisch ausgestreckt, die Beine gespreizt und die Füße auf zwei Stühle gelegt. Es geschieht äußerst selten, dass eine Witwe nackt rücklings auf einen Tisch fällt und sich dabei ihre Füße auch noch auf zwei Stühle stützen. Dennoch ging Fricoteau davon aus, dass es normal sein musste – eine Art überraschende Synkope, sozusagen. Umso mehr, als sie sich nach erfolgtem Genuss schlafmurmelnd umdrehte und ihm, wie zur Abwechslung, in aller Unschuld ihr Hinterteil präsentierte, ohne natürlich zu ahnen, dass er – ganz Mann, der das Glück des Lebens zu genießen weiß – dies ausnutzen und in sie eindringen würde.

Er verehrte sie zutiefst. Nichts hätte er sich sehnlicher gewünscht, als dass sie einmal aufwachte, damit er ihr die innigen Gefühle gestehen könnte, die er im Grund seines Herzens für sie empfand. Zu Beginn war die Anziehung eher körperlicher Natur gewesen, nach und nach jedoch kam eine schwer definierbare Süße hinzu, welche die Launen des Fleisches mit einem ungeahnt zärtlichen Begehren milderte. Etwa in dieser Zeit begann Fricoteau, mit der

Witwe zu sprechen, weil er instinktiv spürte, dass sich das Vergnügen allein nicht genügt und nur halb so viel wert ist, wenn es nicht bewusst stattfindet und wissentlich geteilt wird.

Abends zu Hause schrieb er guten Willens lange Gedichte mit starken Reimen und kraftvollen Rhythmen. Wenn er in ihr war, wiegte er sie mit wunderschönen Worten, die er nicht aussprechen konnte, ohne ein Schluchzen zu unterdrücken – durchaus bemerkenswert für einen Mann seines Alters. Der Stolz belohnte ihn mit ein paar Zentimetern mehr, und Odette Pneu signalisierte mit kleinen Lustschreien und sinnlichen Beckenbewegungen, wie sehr sie diese Verbesserung in einer schon sehr eingespielten Routine genoss, ohne dabei jedoch aufzuwachen.

So viel Offenherzigkeit bestürzte Fricoteaus einfach gestrickte Seele. In den ersten Monaten nach der Bestattung von Albert Pneu hatte er dessen Witwe höchstens ein- oder zweimal in der Woche besucht und stets Wert auf Anstand und Vorspiel gelegt. Mit der Zeit aber hatte er erkannt, dass es ein Leichtes war, Zugriff auf diesen erregenden Körper zu erhalten, und es auch immer wieder bestätigt bekommen. Seither war er weitaus öfter vorstellig geworden, bis es ihm nicht mehr möglich erschien, ohne diese lieb gewordene Gewohnheit ein normales Leben zu führen. Schließlich war es die Leidenschaft seiner Liebe, die ihn zwang, zwei- bis dreimal am Tag einen Umweg am Grab der Witwe vorbei zu nehmen. Immer fand er sie schlafend und dargeboten vor. Da er ihre Träume nicht enttäuschen wollte, ließ er sich zu wilden Ritten, langen Liebesreigen und wollüstigem Müßiggang hinreißen, und weil er glaubte, eine Mission erfüllen zu müssen, ließ er in seinen Bemühungen nicht nach. Wie allen Neuvillern konnte man ihm blind vertrauen.

Im Gegensatz zu der Witwe, die sich bei diesen wilden Umarmungen grundsätzlich ausruhte, mühte sich der von der Situation getriebene Fricoteau bis zur Erschöpfung ab. Aus Ungeduld, oder weil er darunter litt, immer der anonyme Liebhaber zu sein, und vielleicht auch, weil er gern einmal für seine Leistungen gerühmt werden wollte, reifte in seinem Kopf die Idee heran, Odette Pneu wie zufällig aufzuwecken, indem er sie so richtig durchrüttelte.

Zu diesem Zweck mühte er sich mit wachsender Kraft auf ihr ab und stieß so fest zu, dass er sie fast im Bett oder in der Couch versenkte. Er ging so hart zu Werke, dass bereits ein Tischbein unter seinem Ansturm nachgegeben hatte. Als er es krachen hörte, glaubte er im ersten Moment, er hätte der Witwe einen Beckenknochen gebrochen.

Doch die Witwe eines so virilen Mannsbilds wie Albert Pneu war mit einem schier unzerstörbaren Knochengerüst ausgestattet. Der verstorbene Bürgermeister war eine Naturgewalt gewesen und Julie Berde nicht die Einzige, die nach näherer Bekanntschaft mit ihm seltsam lief. Eine Rathaussekretärin hatte ihren Lebensweg im Rollstuhl fortsetzen müssen. Ohne Reue. Sie erklärte jedem, der es hören wollte, dass sie die Erfahrung in Anerkenntnis der Gründe und trotz aller Risiken und Gefahren keinesfalls missen wolle. Die Männlichkeit Albert Pneus, die unter anderem in häufig heftigen Stößen ihren Ausdruck fand, hatte ihre Wirbelsäule in drei Bruchstücke zertrümmert. Die Chirurgen fanden einen Wirbel im Bauchraum, was Anatomieexperten zufolge für die Stoßkraft des höchsten Staatsbediensteten der Gemeinde sprach.

Aus diesem Grund machten der Witwe auch die kühnsten Tätlichkeiten nichts aus. Fricoteau verabreichte ihr Beckenstöße, deren Autorität ihresgleichen suchte, und zwar immer in Serien von zwölf hintereinander. Bereits ein einziger dieser Stöße hätte die Widerstandskraft einer Partnerin in normaler Verfassung gebrochen oder sie vielleicht sogar getötet. Odette allerdings nahm sie hin, ohne Schaden zu erleiden. Bei jeder Erschütterung hoffte er, sie würde beglückt über die Manneskraft ihres Liebhabers die Augen öffnen und ihm gestehen, dass sie verrückt nach ihm und seiner fleißigen Aufmerksamkeit sei. Doch selbst die heftigste Brutalität weckte die Witwe nicht aus ihrer Lethargie. Ihr Schlummer ließ jeden Angriff und auch das perverseste Eindringen zu.

»Und ich werde sie doch noch dazu bringen, endlich aufzuwachen«, knurrte Fricoteau und verdoppelte seine Anstrengung. »Sie soll wissen, dass ich kein Traumbild bin.« Wenn sie kam, dann rückhaltlos und leibhaftig. Oft spürte Fricoteau Kontraktionen, die auf einen Orgasmus hinwiesen, einen Kontrollverlust oder ein körperliches Abdriften, doch all das geschah in einem Dämmerzustand, aus dem sie nicht einmal für Sekundenbruchteile auftauchte. Für ihn bedeutete es einen Mangel an Dankbarkeit für seine Mühen. Er verzweifelte an seiner Aufgabe.

Jeder vernünftige Mann hätte unter diesen Umständen eingesehen, dass seine Bemühungen grundsätzlich nicht von Erfolg gekrönt sein würden, und sich entweder einfach nur ohne Rücksicht auf Verluste sein Vergnügen genommen, oder sich weise zurückgezogen und sich einer Person gewidmet, die ihm zumindest einen Teil seiner Investitionen zurückzuerstatten bereit war.

Wenn Fricoteau am Rande der Verzweiflung war, dachte er manchmal über die zweite Lösung nach. Das Problem dabei war, dass es in Neuville nicht gerade vor Frauen wimmelte. Der örtlichen Demographie gemäß lief ein männlicher Neuviller Gefahr, sein Leben lang keine Frau abzubekommen, ganz gleich, wie alt er wurde – ein Ärgernis, das im Lauf der lokalen Historie schon häufig vorgekommen war. Man erlebte diesen Mangel als schicksalhaft und fast wie einen Fluch, gestaltete es sich für einen Mann doch in der Tat recht schwierig, zu heiraten, wenn es zu wenige junge Frauen gab. Außerdem waren die meisten vom Tag ihrer Geburt an vergeben. Wollte man die Dienste einer Witwe in Anspruch nehmen, musste man sich oft jahrzehntelang gedulden und dem Mann, dessen Ende es zu beschleunigen galt, viele Runden Bier oder Wein ausgeben, ohne sicher sein zu können, dass die Witwe ihre

Gunst zu gegebener Zeit nicht einem Jüngeren oder dem Briefträger aus Sprigny schenkte. In seltenen Fällen flüchteten sich verwitwete Damen in ihrer Trauer auch in die Keuschheit, was allerdings ein gerütteltes Maß an Egoismus verriet und ihre allgemeine Wertschätzung deutlich minderte.

Für Fricoteau war es eine große Chance gewesen, den Platz an Odette Pneus Seite ergattert zu haben. Dabei hatte er allerdings nicht vorausgesehen, dass dumme Fotoroman-Gefühle das körperliche Vergnügen sabotieren könnten, das er in dieser »einseitigen Beziehung«, wie er das Verhältnis verdrießlich zu beschreiben pflegte, empfand.

Er rollte sie über die eisigen Fliesen im Flur, zog sie an den Haaren durch das Wohnzimmer und mutete ihr sexuelle Praktiken zu, die eher an wilde Scharmützel oder Prügeleien in einem Hafen erinnerten. Nicht nur, dass die Witwe sich nicht beklagte, nein, sie schien stets mehr davon zu wollen. Selbst im eifrigsten Gefecht und in der hitzigsten Schlacht vermittelte sie nie den Eindruck, unter einem Albtraum zu leiden. Im Gegenteil: Sie lächelte. Nicht der geringste Schatten trübte die Heiterkeit ihres Schlafs.

Irgendwann stellte Fricoteau fest, dass er litt. Er mühte sich völlig umsonst ab und fand es zunehmend frustrierend. Weil er von Natur aus hartnäckig war, ließ er sich nicht gänzlich entmutigen, doch manchmal begann es seinem Kampf an Elan zu mangeln. In seinen Muskeln verbreitete sich Müdigkeit, und dann und wann weigerte sich sein

Herz, dem vorgegebenen Rhythmus zu folgen. Er verbrachte viel Zeit im Körper der Witwe, doch auf Dauer wurde es beschwerlich. Er schnaufte wie ein Stier, genehmigte sich immer längere Pausen und hielt am Ort des Geschehens einen Fitnessdrink für Extremsportler bereit.

»Sie bringt mich noch um«, murmelte er, wenn er über das Ausmaß des Pensums nachdachte, das er zu erledigen hatte, ehe die Witwe vielleicht eines Tages bereit war, aus ihrem Schlaf zu erwachen.

Er ahnte nicht, wie viel Wahrheit in seiner Feststellung steckte. Eines Abends hauchte er zwischen Odette Pneus Schenkeln sein Leben aus. Plötzlich war ihm, als bohre sich ein heißes Eisen in seine Brust, aber anstatt seine Bewegung zu verlangsamen, atmete er trotz brennender Lunge tief ein, verstärkte seine Bemühungen zu einer irrsinnigen Kadenz und schrie: »Hü, hü, hü!« Der Tod kam just im schönsten Moment, als er seinen letzten Tropfen Kraft freudig in sie ergoss.

Von einer für sie ungewohnten Reglosigkeit alarmiert, öffnete die Witwe erst ein Auge, dann das andere und fragte sich, ob Fricoteau vielleicht versuchte, sie zu täuschen. Schließlich schloss sie die Augen wieder und lauschte in dem auf ihr ausgestreckten Körper auf einen Herzschlag. Sie hörte nichts. Alles ließ darauf schließen, dass Fricoteau nicht mehr lebte. Sie bedauerte ihn nicht, denn bei Licht besehen hatte er einen durchaus beneidenswerten Tod genießen dürfen. Mit einem Hüftschwung schubste sie ihn von der Couch, stand auf, brachte ihre Kleidung in Ordnung und ging ins Bad, um sich zu kämmen.

Fricoteau war kein schöner Mann, aber er hatte sich mit Leib und Seele aufgeopfert. Sie würde ihn vermissen, zweifelsohne. Seine Technik konnte der von Albert zwar nicht ganz das Wasser reichen, aber dafür, dass er nur von mittlerer Statur war, hatte er sich weiß Gott nicht schlecht geschlagen. Sie zog ihm die Hose hoch, knöpfte seinen Hosenlatz zu, richtete ihn auf und setzte ihn in den Sessel neben dem Kamin. Auf den kleinen Tisch daneben stellte sie eine Dose Bier und ein Glas. Sie würde behaupten, dass er plötzlich mitten in einer Geschichte über eine Wildschweinjagd verschieden war – eine in dieser Gegend recht verbreitete Todesart.

Fricoteaus unerwarteter Tod war zwar nicht weltbewegend, bot aber Anlass zu nicht alltäglichem Klatsch, der von den »Bevölkerungen« entzückt weitergetragen wurde. Seitdem es dem Dorf so gut ging, hatte René Vendrèche sich für den Gebrauch des Plurals von »Bevölkerung« entschieden, weil ihm das Wort universeller und kosmopolitischer erschien als der Singular.

»Fricoteau war eine illustre Persönlichkeit unserer Heimat«, erklärte er, als das Thema, das er zum Tagesordnungspunkt erklärt hatte, bei einer außerordentlichen Gemeinderatssitzung zur Sprache kam.

»Ein Lokalheld«, pflichtete Marron Tousseul ihm bei.

»Mein Vorschlag wäre«, sagte René Vendrèche, »ihm ein öffentliches Begräbnis zukommen zu lassen.«

Er fügte an, dass die Zeremonie »im Dienste einer maximalen ökonomischen Ausbeute« offensiv über die Medien beworben werden solle. Hintergrund seines Vorschlags war natürlich, dass er Anne-Marie Mingue wiederzusehen hoffte.

Ohne dass man es wissentlich darauf angelegt oder auch nur gewünscht hatte, kam die Möglichkeit nicht ungelegen, eines der zum Lebensmittelpunkt und Erstwohnsitz umgewandelten Mausoleen wieder in ein richtiges Grab zu verwandeln. So konnte man dem Publikum einen authentischen, weltweit einmaligen Vorgang bieten, einschließlich einer hübschen philosophischen Bedeutsamkeit.

»Ein solches Ereignis dürfte viele Menschen interessieren«, begeisterte man sich rings um den Konferenztisch. »Wir dürfen keine Zeit verlieren. Gleich heute Abend beginnen wir mit der Werbung. Wir formulieren ein Kommunikee und benachrichtigen Hörfunksender, Presse und Fernsehen.«

Einstimmig verabschiedete man den Beschluss, Fricoteau am folgenden Sonntag nach dem Mittagessen zu bestatten, weil sich um diese Zeit üblicherweise die meisten Touristen im Ort aufhielten. In der Zwischenzeit würde die Leiche in einem Fass Selbstgebranntem aus der Region aufbewahrt werden.

»Zwetschgenwasser oder Obstler?«, wollte jemand wissen.

»Zwetschge, und zwar aus seinem Geburtsjahrgang. Davon ist in fast jedem Haushalt noch eine Flasche übrig. Dreißig Liter dürften genügen, aber wegen der Verdunstung sollten wir großzügig rechnen.«

»Gute Idee«, nickten alle beifällig.

Odette Pneu, die Witwe des ehemaligen Bürgermeisters, deren freundschaftliche Verbindung mit dem Toten im Dorf kein Geheimnis war, wurde mit der Herrichtung der Leiche betraut, was sie als große Ehre empfand. Immerhin war Fricoteau der zweite Mann, den sie innerhalb kurzer Zeit verlor. Zwar wurde sie dadurch nicht noch mehr zur Witwe oder auch nur trauriger, doch sie spürte, dass sich ihr Schicksal als Femme fatale immer deutlicher abzeichnete. Nun konnte sie nur noch auf eine baldige Bestätigung hoffen.

Das Festkomitee organisierte einen Leichenzug, der höchsten künstlerischen Ansprüchen genügte. Um das Gepränge nicht an Kleinigkeiten scheitern zu lassen, stimmte der Gemeinderat einem Sonderbudget zu und plante einen ambitionierten Programmablauf.

»Man muss eben wissen, was man will!«, rief man, um dem Vorwurf der Übertreibung den Wind aus den Segeln zu nehmen.

Fricoteau sollte im Dorf umhergefahren werden, und zwar auf den Wegen, die er gern benutzt hatte, wenn er angeln oder auf die Jagd ging. Der Spielmannszug unter Balthazars Leitung würde die Ohrwürmer zum Besten geben, mit denen Fricoteau zu seinen Lebzeiten seine Mitmenschen ergötzt hatte. Monique, jetzt Madame Buh Stoffet, würde dem von zwei elegant geschmückten Ackergäulen gezogenen Leichenwagen in einem Paillettenröckchen in gedeckten Farben vorantänzeln und ihren Bâton dem Anlass entsprechend mit einem schwarzen Kreppband versehen. Dem Leichenwagen sollte ein Konvoi aus sieben Fuhrwerken folgen, jedes mit der Darstellung einer Szene aus dem täglichen Leben im Dorf oder einer wichtigen historischen Begebenheit versehen. Geplant waren neben dem Flugzeugabsturz der Darouins und der Geburt Clébacs auf der Theke des Lebensmittelladens auch der Tag, an dem der junge Gardien in den Krieg gezogen war, sowie seine Rückkehr drei Monate später, weil in der Armee gerade noch rechtzeitig aufgefallen war, dass der junge Mann von Geburt an blind und nach einem Unfall mit einer Säge einbeinig war und außerdem nur einen Arm hatte, nachdem er sich am Dorn einer Rose gestochen und die Wunde sich infiziert hatte. Es hatte eines Generals bedurft, den er mangels rechten Arms nicht ordnungsgemäß gegrüßt hatte, ihn dem zivilen Leben zurückzugeben. In Bezug auf Höflichkeit versteht die Armee keinen Spaß. Mehr noch als das Gewehr und das Sturmgepäck ist es der zum Gruß erhobene Arm, der einen Soldaten zu einem solchen macht. Der General hatte es nicht ertragen, von einem einfachen Fußsoldaten lediglich mit einem Kopfnicken sowie dem Satz begrüßt zu werden:

»Heute wird uns der Feind wohl noch nicht auf den Keks gehen, Herr General.«

Nach dieser durchaus vernünftigen Feststellung hatte man den jungen Gardien wegen Gehorsamsverweigerung zunächst für drei Wochen in den Bau gesteckt, um ihn schließlich von sämtlichen militärischen Verpflichtungen zu befreien. Bei seiner Rückkehr hatte er allerlei heldenhafte Anekdoten im Gepäck, mit denen er abends in Matouillets Kneipe die Leute unterhielt. Die Ortsverwaltung errichtete ihm noch zu Lebzeiten auf dem Rathausplatz ein Denkmal mit seinem Namen und der Inschrift: »Dem Sohn des Dorfes, der beinahe im Krieg gefallen wäre.«

Seither fanden alle offiziellen Zeremonien vor diesem Granitblock statt, der in Reden als Stützpfeiler des Stolzes von Neuville, Zeuge eines patriotischen Opfers oder mutiges Sinnbild der Lokalgeschichte bezeichnet sowie mit zahlreichen weiteren bemerkenswerten und bisweilen auch arroganten Formulierungen bedacht wurde.

Gegen Ende der Veranstaltung sollte der Schnaps, in dem der Leichnam Fricoteaus aufbewahrt wurde, verkauft werden, was auch nicht abartiger war, als eine Kröte oder Schlange in Hochprozentiges zu legen und Flaschen diesen Inhalts zu veräußern, wie es in weniger zivilisierten Regionen der Erde üblich ist.

Die Bestattung Fricoteaus wurde zu einem der herausragendsten Ereignisse, die die Welt je gesehen hatte. Zehntausend Teilnehmer kamen aus ganz Europa, den Vereinigten Staaten und Brasilien. Man musste Gäste abweisen. Im Ort kursierte das Gerücht, dass man dem Publikum möglicherweise das Wunder einer Auferstehung bieten würde, was vom Festkomitee nicht ausdrücklich zurückgewiesen wurde.

Und tatsächlich gab es Zeugen, die behaupteten, der Leichnam Fricoteaus habe wieder Farbe angenommen und gelächelt, nachdem man ihn in das Schnapsfass gelegt hatte. Einer der Zeugen schwor sogar, der Verstorbene habe ihm zugewinkt. Der Ursprung dieser Wahrnehmungen mochte in den Alkoholdünsten gelegen haben, doch für einen Neuviller gab es niemals einen objektiven Grund, am Wort eines anderen Neuvillers zu zweifeln. Man ging also davon aus, dass Fricoteau »etwas im Schilde führte«. Immerhin kannte man ihn so gut, dass es keine Überraschung gewesen wäre, wenn er sich mit einem letzten Scherz hätte begraben lassen.

»Bei ihm würde mich gar nichts wundern. Er hat schon ganz andere Dinge gebracht«, wiederholte René Vendrèche.

Die Trauergäste rissen sich um ein wunderbar illustriertes Büchlein, in dem Leben und Werk des Verstorbenen behandelt wurden. Bis zum Abend wurde es mehrere Zehntausend Mal verkauft, und die Touristen ließen es von den Honoratioren der Gemeinde signieren. Die Glücklichsten oder Gewitztesten unter ihnen erhielten gar die Unterschrift der Witwe Pneu, die sich nicht ganz ohne Stolz als Ursache für diesen prächtigen Tod sah. Ihrer Auffassung nach hatte sie wirklich Talent bewiesen, natürlich ohne sich dessen bewusst zu sein. Es bestand kein

Zweifel, dass ihre Zurückhaltung und die Weigerung, sich aus der Keuschheit des Schlummers zu befreien, Fricoteau letztendlich in die Enge getrieben hatten. Sie hatte mit ihm eine wunderschöne Partie gespielt. Da ihre Erinnerung so manches Mal zur Eitelkeit neigte, wollte es ihr zeitweise so scheinen, als hätte sie ihren Liebhaber erdrosselt, indem sie die Schenkel ein wenig zu fest aneinandergepresst hatte. Kam jemand auf das Ende Fricoteaus zu sprechen, hielt sie sich jedoch an die Version mit dem Wildschwein. Diese Verdrehung der Wahrheit machte ihr ein wenig zu schaffen, denn sie hasste Lügen – insbesondere dann, wenn sie das, was sie als eigenen Verdienst empfand, in den Schatten stellten.

»Ich werde meine Memoiren schreiben«, beschloss sie, als der Sarg unter allgemeinem Applaus an die dafür vorgesehene Stelle zwischen dem Großbildfernseher und der mit einem Kuhfell bedeckten Bank glitt. »Ich werde dieses Buch nicht aus Eitelkeit schreiben, sondern um dem Verstorbenen die letzte Ehre zu erweisen. Er war ein echter Mann, bestückt wie ein Hirsch, robust wie ein Stier und gemächlich wie ein Eber. Er starb nicht beim Erzählen von Jägerlatein wie ein ewig Gestriger, sondern als Mann, der mit aufgepflanztem Bajonett zum Sturm blies, ganz wie mein seliger Albert mit seiner zu jeder Tages- und Nachtstunde einsatzbereiten Waffe. In meiner langjährigen Erfahrung war Albert der einzige Mann, der mich regelmäßig bat, mich auf sein erigiertes Glied zu setzen, und mich auf diese Weise die Treppe hinauftrug, ohne sich auch nur am Geländer festzuhalten. Das war noch wahre Männlichkeit. Eine ehrbare Frau hat die Pflicht, sich den Kräften der Natur zu stellen, die dazu da sind, ihr Leben angenehm zu gestalten.«

Sie war kein schlechter Mensch, und deshalb bereute sie zutiefst, im Moment von Fricoteaus Tod nicht die Geistesgegenwart besessen zu haben, ihre Augen kurz zu öffnen. Dann hätte er zumindest das Glück einer Komplizenschaft mit ins Jenseits nehmen können. Vielleicht hätte sie sogar noch die Gelegenheit gehabt, ihm zuzuflüstern, dass sie zwar ein wenig Zeit gebraucht hätte, aber ebenfalls in ihn verliebt sei, dass ihr die Gedichte, die er für sie geschrieben hatte, sehr nahegegangen waren und dass sie jeden Tag hinter der Gardine auf ihn gewartet, sich sorgfältig vorbereitet und sich Positionen ausgedacht hatte, damit ihr Treffen gelang und er sich freute.

Je länger sie darüber nachdachte, desto bewusster wurde ihr, dass ihr ausreichend Material für ein gehaltvolles Werk zur Verfügung stand. Nach einem Blick auf ihren Kalender, in dem sie jeden Kontakt mit Fricoteau angekreuzt hatte, schätzte sie, dass allein der Bericht über ihre Umarmungen ohne nähere Details mindestens zweihundert Seiten füllen würde. Falls sie sich entschloss, Kommentare und persönliche Vorlieben sowie möglicherweise einen Rückblick auf ihr Leben mit Albert und einige Vertraulichkeiten bezüglich zufälliger Begegnungen in Scheunen oder im Gebüsch hinzuzufügen, wie sie auf dem Land an der Tagesordnung sind, käme sie auf mindestens dreihundert Seiten. Mit einem Foto von ihr auf dem Einband. Natürlich bedeutete ein solches Projekt mehrere Jahre Arbeit. Sie war glücklich, denn die Erinnerung an ein Vergnügen ist selbst Vergnügen.

Am Abend, als der Tote an seinem Platz lag und auch die Lebenden an den ihren zurückgekehrt waren, verlängerte man das Fest mittels eines Totenballs. Für die musikalische Begleitung sorgte die Gruppe »Les Garennes d'Amérique«, gesponsert von der Familie Darouin. Ihr Stil war als Höhlenrock bekannt, doch sie fühlte sich auch in Metal, Gothic oder Rap heimisch. Selbst Anklänge an klassische Musik waren der Formation nicht fremd, und sie sträubte sich auch nicht, den Ententanz zu spielen.

Anne-Marie Mingue ging es ausgesprochen gut, weil ein Promimagazin zum ersten Mal in ihrer Karriere über ihren Blowjob beim Kultusminister geschrieben hatte, einem Mann, der Behauptungen zufolge einen dreiteiligen Penis besaß. Ein Teil war angeblich lang, der zweite mittel und der dritte kurz. Der längste Teil sei blau, der mittlere eher weiß, während der kürzeste zum Rötlichen tendiere, bei Gefühlswallungen allerdings richtig rot werde, so hieß es.

Dieser bemerkenswerte Anstieg ihrer Popularität versetzte sie in einen euphorischen Zustand, der dazu führte, dass sie nicht nur die Einladung René Vendrèches annahm, mit ihm zu tanzen, sondern sich im Anschluss hinter der Kirche zu einem journalistisch relevanten Gespräch mit anschließender

Gelegenheit zum Oralverkehr zu verabreden. Gleich nach einem Minister von den in einschlägigen Printmedien gepriesenen Lippen liebkost zu werden, war René Vendrèche eine mehr als gelungene Rache an den traurigen Lebensumständen, die er seit frühester Kindheit hatte erdulden müssen. Dieses Mal hätte er gern Kameras dabeigehabt, doch die junge Frau ging zu Recht davon aus, dass die medientechnische Verbreitung einer ländlichen Fellatio den Kultusminister vor den Kopf stoßen könne.

»Blowjobs bei Ministern mache ich nur aus Interesse«, erklärte sie mit der Schlichtheit wahrer Profis. »Bei Ihnen aber, René, ist es Ausdruck reiner Kameradschaft, dass ich Ihnen einen blase. Ich mag Sie nämlich und denke, Sie haben es sich redlich verdient. Außerdem weiß ich, dass Ihnen bisher noch niemand so sympathisch war wie ich. Sie ahnen sicher, dass ich unter allen Umständen und überall die Erste sein möchte.«

René Vendrèche nickte bewegt und sah geflissentlich davon ab, ihr seine Beziehungen zu mehreren Generationen von Kälbern auf dem Hof von Pessesse zu beichten. Er war nicht der Einzige im Dorf, der auf die Saugbereitschaft des Jungviehs spekulierte. Sexualerziehung fand in Neuville und Umgebung häufig im Stall statt.

René Vendrèche stellte fest, dass Anne-Maries Zunge weniger rau war als die der Kälber, und auch die Saugkraft erschien ihm weniger energisch. Hingegen entpuppte sich der Frauenmund hinsichtlich unterschiedlicher Stilvarianten als erheblich einfallsreicher und vielfältiger. Während des gesamten Unterfangens hielt er sie an den Ohren, genau wie seinerzeit die Kälber, die keine andere Handhabe verstanden. Sie ließ sich willig und liebevoll von ihm lenken, was René Vendrèche als ausgesprochen schmeichelhaft empfand.

Als sie fertig waren, wischte sie sich den Mund an seinem Karohemd ab, und weil sie von Berufs wegen zu den Speichelleckern gehörte und es sie nichts kostete, rief sie begeistert aus:

»Ihr Sperma schmeckt fantastisch, René. Sehr aromatisch. Ein bisschen wild. Wie frische Luft. Es hat nicht diesen faden, ein wenig tuberkulösen Geschmack des Spermas von Männern aus der Stadt. Bravo! Es war ein Genuss.«

»Ja, so etwas findet man nur auf dem Land. Es ist schön sämig, hat Biss und Charakter und einen dezenten Geschmack nach mehr«, nickte René Vendrèche.

»Zu oft sollte man es sich allerdings auch nicht genehmigen, denn es steigt einem direkt zu Kopf.«

»Stimmt, es ist wirklich harter Tobak. Seine fünfzehn, sechzehn Prozent hat es sicher, wie ein Likörwein. Hätten Sie Bläschen im Mund gehabt, wäre es sicher ziemlich schmerzhaft gewesen.«

»Auf jeden Fall war es mindestens so wertvoll wie ein Glas guter Aperitif. Danke, René.«

Das unvorhergesehene Dahinscheiden Fricoteaus hatte Napoléon Beloeil erschüttert. Auch er war mit einer Witwe zusammen und ließ sich von der Wildschweingeschichte nicht täuschen. Er ahnte, dass sich sein Leidensgenosse an seiner Aufgabe aufgerieben hatte. Es war leichtsinnig gewesen, sich einer Frau zu widmen, die jahrelang von einem Mann des Formats von Albert Pneu zur Brust genommen worden war.

»Sie hat ihn ausbluten lassen«, dachte Napoléon verbittert.

Er begann innerlich zu zittern, als ihm auffiel, dass die Müllerswitwe von ihm, der auch nur eine Gesundheit hatte, in zunehmendem Maß außerordentliche Heldentaten erwartete. Immer häufiger verlangte sie die Befriedigung kleiner Gelüste. Mehr als einmal hatte Napoléon Beloeil das Feuer dieser Frau als Aggression empfunden, als Angriff auf seine körperliche Integrität, ja fast als Misshandlung oder gar Mordversuch. Sie verlangte einfach zu viel von ihm. Genau wie Odette Pneu wahrscheinlich zu viel von dem guten Fricoteau verlangt hatte.

»Man weiß ja, wie so etwas endet«, seufzte er und bemühte sich, für etwas mehr Abstand zwischen sich und der Witwe des Müllers zu sorgen. Aus Höflichkeit und weil sie alte Freunde waren, saßen sie zusammen an dem Tisch, den er am Rand der Tanzfläche reserviert hatte. Wohlmeinend und ritterlich, aber ab sofort ohne Hintergedanken, forderte er sie auch zum Tanz auf. Unter dem Vorwand, sie in der Öffentlichkeit nicht dadurch bloßstellen zu wollen, dass sie den Leuten Anlass zum Schwatzen boten, führte er sie beim Walzer wie beim Tango, ja selbst beim Slowfox ohne Körperkontakt, was der Müllerswitwe ausgesprochen merkwürdig vorkam. Sie versuchte, sich eng an ihren Kavalier zu schmiegen, doch er wich ihr mit der Geschicklichkeit eines Toreros beim Ansturm des Stiers aus.

Während des restlichen Abends erschien er ihr kühl und gleichgültig, was sie zunächst auf vermeintliche Probleme mit der Steuer schob. Dennoch wunderte sich die Witwe Dorval.

»Stimmt etwas nicht, Napo? Du kommst mir komisch vor. Ganz weit weg, irgendwie.«

Er murmelte, alles sei bestens, bedachte sie dabei aber mit einem so düsteren Lächeln, dass auch ihre Laune sich verfinsterte. Sie ahnte, dass er ihr entglitt, dass er sie nicht mehr liebte oder dass er, was noch schlimmer wäre, sie nicht mehr begehrte.

»Sprich mit mir, Napo. Sprich mit mir«, flehte sie und verbarg ihre Lippen und ihre Ratlosigkeit hinter einem Glas Sekt.

Er zuckte die Schultern, zog einen Schmollmund, tat so, als wippe er im Takt zur Musik, wackelte mit dem Kopf und starrte den fransenbesetzten Sänger an, der auf der Bühne herumtobte. Nein, er träumte nicht mehr davon, eines Tages mit dieser Frau im selben Grab zu liegen. Er war auch dem verblichenen Müller nicht mehr böse, dass er des Nachts die Fantasien seiner Witwe beflügelte. Er wollte nur noch überleben, überdauern und nicht mehr unter den schrecklichen Begierden seiner Mätresse leiden. Ein Schicksal als Opfer, Beute und Jagdtrophäe der körperlichen Liebe lehnte er rundheraus ab.

»Heute Abend spüre ich nichts von dir, Napo. Sag

jetzt bloß nicht, dass der Tod des armen Fricoteau dich so mitgenommen hat, dass du verstummt bist.«

Sie lehnte sich zu ihm hinüber und flüsterte ihm eine knallharte Obszönität ins Ohr. Er wich zurück, was sie als Beleidigung auffasste, denn sie kannte ihn ganz anders. Normalerweise fing er bei verbalen Entgleisungen in der Sprache der Liebe immer Feuer.

»Was habe ich dir bloß getan?«, stöhnte sie. »Wirfst du mir etwas vor? Gestern war doch noch alles in Butter, du hast mich drei Stunden am Stück gevögelt, ich habe immer noch Muskelkater. Aber er ist mir Beweis dafür, dass wir gut zueinanderpassen und einander guttun.«

Es war kein Aufschrei der Verzweiflung, sondern lediglich eine halblaute Bemerkung. Sie lavierte herum und suchte nach einem Grund für die schmollende Haltung, die er jedem ihrer Annäherungsversuche entgegensetzte. Die Streitereien der letzten Zeit kamen ihr in den Sinn. Als sie ihm mitteilte, dass sie zusammen mit dem Müller begraben werden wollte, hatte Napoléon keinen Hehl aus seinem Ärger gemacht. Sie wusste, dass er eifersüchtig war, er hatte das Thema noch zwei- oder dreimal ein wenig diplomatischer angesprochen, doch sie hatte es nicht für nötig befunden, ihren Standpunkt zu überdenken. Weniger aus ehelicher Treue als vielmehr aus immobilientechnischen Überlegungen. Aber sie sah ein, dass es für einen verliebten Liebhaber eine schreckliche Vorstellung sein musste, die Knochen seiner Liebsten auf ewig mit denen des Gatten vereint zu wissen. In einem etwas missglückten lyrischen Vergleich hatte er ihr zu erklären versucht, dass er ihr Fleisch, aber eben auch ihr Skelett liebe, und dass er sie lebendig wollte, solange er lebte, dass er sie aber auch im Tod bei sich haben wollte, wenn sie beide nicht mehr auf dieser Erde wandelten.

Dieses Verständnis leidenschaftlicher Liebe hatte sie nicht recht begriffen. Sie war überzeugt, dass nach dem Tod nichts Gutes mehr kam – nichts Wichtiges, aber auch nichts, worauf man hoffen konnte oder vor dem man sich fürchten musste. Im absoluten und totalen Universum war der Müller zu einer Inkonsistenz des Nichts geworden, in dem eine Prise Staub schwebte. Wenn er noch existierte, dann nur in der vergeistigten Erinnerung, die ihr weiblicher Körper und ihre sinnlichen Träume von ihm zurückbehalten hatten. Sie lehnte es durchaus nicht ab, gewisse angenehme Spleens zu reaktivieren, die sie in ihrer Jugend und auch später geteilt hatten, nachdem sie mit den Jahren auch auf diesem Gebiet mehr Kompetenz erworben hatten. In Napoléon Beloeil hatte sie einen meisterhaften Helfer gefunden, der in der Lage war, die Erinnerungen vergangener Gewohnheiten mit den Überraschungen schlüpfriger Neuerungen zu kombinieren. Seine Vorgehensweise ähnelte der des Müllers und machte dessen Gewohnheiten alle Ehre, ohne jedoch bei den heiklen Einzelheiten zu verweilen, die den Charakter des Verblichenen auszeichneten. Er passte sich der Situation so gut als möglich an, und die Witwe war ihm dafür dankbar.

Gegen ein Uhr morgens nahm sie seine Hand und zog ihn auf die Tanzfläche. Als sie zwischen eng umschlungenen Paaren feststeckten, schmiegte sie sich an ihn, lehnte ihren Kopf an seine Wange und redete mit ihm, wie sie es nie zuvor getan hatte.

»Napo, ich weiß, was dich beschäftigt. Aber du musst dir keine Gedanken machen. Meinst du, ich lege wirklich Wert darauf, zusammen mit dem Müller begraben zu werden? Sicher habe ich eine Zeit lang daran gedacht. Aber weißt du, ich habe ihm nichts versprochen. Ehrlich gesagt glaube ich, dass es ihm egal ist. Wenn es dich glücklich macht, dann bin ich einverstanden, dein Grab mit dir zu teilen. Und zwar im Leben wie auch danach. Und damit du ganz sicher sein kannst, dass ich nicht nur so dahinrede, verkünde ich dir hiermit feierlich, dass ich, solltest du mich heiraten wollen, mich nicht lange zieren werde. Ich möchte deine Frau sein, Napo. Für immer und ewig.«

Diese sanft ins Ohr gesäuselten Worte unterstrich sie durch zärtliche Vorwärtsbewegungen ihres Beckens. Ab und an presste sie sich ein wenig fester an ihn, um festzustellen, ob er ihren Avancen immer noch ablehnend gegenüberstand. Benommen vor Glück antwortete er mit einer innigen Umarmung und enthüllte ihr so die erhebenden Veränderungen, die er ihr zuliebe entwickelte. Erleichtert spürte sie an ihrem Unterleib, dass es ihm wieder besser ging, dass er wieder zu dem Mann wurde, den sie seit Langem liebte, den sie immer noch liebte und den sie wahrscheinlich ewig lieben würde, wenn auch eines Tages nur noch in der Form von Staub. Aber zunächst einmal würden sie noch viele Jahre vor sich haben, wie alle Menschen, die eines Tages den Mut finden, bei null und damit bei sich selbst ganz von vorn anzufangen.

Sie verbargen ihre Liebe nicht länger voreinander und auch nicht vor den anderen. Sie tranken noch eine Flasche Sekt und konnten nicht aufhören, einander tief in die Augen zu sehen, weil dies der kürzeste Weg von einer Verzauberung zur nächsten ist. Mit einem Mal stieg das Ansehen des Müllers in den Augen Napoléon Beloeils, und als fairer Spieler leerte er ein Glas zu Ehren seines Vorgängers. Schon bald würde sein Status als Ehemann dem des verstorbenen Gatten in nichts nachstehen, und er schwor, sich als würdiger Nachfolger zu erweisen. Es gibt Tage, an denen das Leben einem Gerechtigkeit erweist. Ein Dichter hat einmal geschrieben, dass Sterne am Himmel manchmal süß rascheln. In dieser Nacht war das mit Sicherheit der Fall.

Das Leben auf dem meist besuchten Friedhof der modernen Welt ging weiter. Es gab prachtvolle Hochzeiten und Begräbnisse, die den Hochzeiten in nichts nachstanden. Kinder wurden geboren. Buh und Monique bekamen einen Jungen, den sie Clébac nannten. Als Willkommensgeschenk ließ die Gemeindeverwaltung ihm ein eigenes Grabmal errichten, das man für sinnvoller hielt als ein Sparkassenbuch oder ein Goldkettchen mit Anhänger. In Zukunft sollten alle Neugeborenen der Gemeinde ein Grabmal erhalten, weil es das beste Mittel zum Start ins Leben schien. Es ist immer gut zu wissen, wohin der Weg führt.

Buh und Monique träumten immer noch vom Reisen. Von Zeit zu Zeit nahmen sie sich ein oder zwei Tage frei und besuchten Städte, die sie nur vom Hören kannten. Schließlich sprachen sie mit großer Sachkenntnis von Reims, Paris und sogar von Plougastel-Daoulas. Buh lernte flämisch, weil er sich in den Kopf gesetzt hatte, einen der nächsten Hochzeitstage in Brügge zu feiern. Begonnen hatte er mit dem Erlernen der Uhrzeiten, da ihnen wesentliche Bedeutung zukommt, wenn man mit dem Zug reist.

»Het is tien voor half drie«, wiederholte er eisern, was bedeutete, dass es zwanzig nach zwei war. Solche kleinen Komplikationen sorgten für die geheimnisvolle Komponente in seinen Reiseträumen und inspirierten ihn zu süßen Visionen, in denen er sich Seite an Seite mit Monique in einem von lauem Wind durchhauchten grenzenlosen Raum dahinwandeln sah, in dem Boden und Himmel aus der gleichen Substanz bestanden.

René Vendrèche, dem es nie an neuen Einfällen mangelte, arbeitete an Plänen für eine Städtepartnerschaft zwischen Neuville und Boston. Die Sache war auf einem guten Weg. Eines Morgens, als die aufgehende Sonne den Leuchtturm anstrahlte, kam ihm plötzlich eine Idee, die den Pharaonen des alten Ägypten würdig gewesen wäre. Wenn schon kein Meer da ist, um unseren Leuchtturm zu rechtfertigen, so dachte er, spräche doch immerhin nichts dagegen, im Schatten des Leuchtturms ein Zentrum für Thalassotherapie zu gründen. Es wäre sicher im Sinne Clébac Darouins, der stets zu sagen pflegte, dass nichts unmöglich ist, bloß weil man es für nicht durchführbar hält.

Von Zeit zu Zeit erhielt er die Gelegenheit, Anne-Marie Mingue wiederzusehen, die Neuville treu blieb, weil sie der Meinung war, dass das Dorf ihr Glück gebracht hatte. Ihr Ruf hatte sich im Laufe der Jahre gefestigt, und so nahm der Außenminister regelmäßig ihre Dienste in Anspruch, um bei internationalen Verhandlungen eine gewichtigere Rolle zu spielen. Mehrfach schon hatte Anne-Marie die Interessen Frankreichs in unterschiedlichsten Teilen der Welt gerettet. Ihr Einsatz hatte Kriege verhindert. Unter den Preisen, die sie mit großem Stolz erfüllten, befand sich der »Goldmund«, ein Preis für die Wohltäterin des Jahres, den sie zu Hause auf ihrem Kaminsims ausstellte. Wegen ihrer zahlreichen Einsätze für mehr Harmonie in der Welt wurde sie als mögliche Kandidatin für den Friedensnobelpreis gehandelt. Da sie jedoch ihre Memoiren angekündigt hatte, wollte die schwedische Akademie das Erscheinen ihres Buchs abwarten, um der Autorin zusammen mit dem Friedensnobelpreis auch gleich den in der Kategorie Literatur zu überreichen. Sie stand auf dem Gipfel ihres Ruhms. Es kostete sie nicht viel mehr, als eine leichte Abneigung vor René Vendrèches armseligem Glied zu überwinden, um aus schierem Aberglauben heraus ein wenig von ihrem Erfolg zurückzugeben. Freundlich log sie ihn an und erklärte ihm, dass sein Schwanz schöner sei als alle anderen, die sie kannte, und zählte berühmte, historische und geradezu legendäre Namen auf. René Vendrèche fühlte sich eins mit den ganz Großen dieser Welt.

Beim Notar setzte er ein Testament auf, in dem er festschrieb, dass nach seinem Tod sein Glied vom Körper abgetrennt und in einer Vitrine des örtlichen Museums ausgestellt werden solle. Auf der entsprechenden Hinweistafel sollte zu lesen sein, dass dieser Teil von ihm sich mit gleichgearteten Teilen der berühmtesten Männer dieses Planeten messen konnte, ohne dabei den Kürzeren zu ziehen. Als der Notar alle nötigen Papiere ausgefüllt und ausgiebig gestempelt hatte, bat er um den Gefallen, als Vorpremiere sozusagen, das ruhmreiche Organ einmal betrachten zu dürfen. René Vendrèche sah darin kein Problem. Begeistert rief der Notar seine Frau und seine Kinder, seine Angestellten und seine Sekretärin zusammen. Alle waren überzeugt davon, einem denkwürdigen Moment beizuwohnen. René Vendrèche gestattete ihnen sogar eine Berührung. Fasziniert erkühnte sich die Frau des Notars, das Objekt der Begierde zunächst zwischen ihre Finger und schließlich in die ganze Hand zu nehmen. Sie dachte an den Präsidenten der Vereinigten Staaten, flüsterte seinen Namen und schloss die Augen.

»Er auch?«, erkundigte sie sich atemlos. Erschöpft vom Übermaß der Ehre stand sie einer Ohnmacht nahe.

»Diplomatische Schweigepflicht«, raunte René

Vendrèche, dem Verantwortungsgefühl über alles ging.

An den folgenden Tagen brachte die Frau des Notars es nicht fertig, in der Bäckerei und beim Metzger Stillschweigen über das Gesehene zu bewahren. Um der demokratischen Gleichheit Genüge zu tun, blieb René Vendrèche nichts anderes übrig, als anlässlich eines Kulturabends, bei Sitzungen und schließlich sogar beim Patronatsfest von Neuville seinen Penis zu entblößen, den der Priester im Verlauf der Messe als lebende Reliquie segnete.

Um der öffentlichen Zurschaustellung mehr Würde zu verleihen, entwickelte ein Designerteam eine Hose, die vorne offen und mit einem Sichtfenster aus Plexiglas ausgestattet war. Auf einer Art Sänfte stehend wurde René Vendrèche wie eine Ikone durch die Straßen des Dorfes, über den Friedhof und durch sämtliche Hohlwege getragen. An markanten Bäumen, allen Kneipen und bestimmten Stationen vor den Grabmalen – allen voran natürlich dem des großen Clébac Darouin, ohne dessen Geburt sich in diesem Dorf nie etwas bewegt hätte – legte man Pausen ein.

An gewissen Abenden lehnte sich Balthazar an das Geländer des umlaufenden Balkons seines Mausoleums und genoss die Aussicht aus der Höhe. Was er sah, war nicht mehr das Dorf, das er, seine Eltern und alle seine Vorfahren gekannt hatten, die ihm im Leben vorangegangen waren. Auf den Kartoffelfeldern erhoben sich Wohnhäuser, die den Wolkenkratzern von Boston in nichts nachstanden. Die Kuhweiden hatte man weit nach Westen verlegen und den Fluss umleiten müssen, um Wasser an den Fuß der von Wäldern gekrönten Hügel zu bringen.

Inzwischen nahm der Friedhof den größten Teil der Gemeindefläche ein und drang bis zum Wald vor. Kuppeln, Türme und seltsame barocke oder mittelalterliche Konstruktionen erhoben sich teilweise über die Bäume bis hin zu einer schön gelegenen Lichtung, wo sich eine Anlage mit Schwimmbad, Tennisplätzen und einer Diskothek befand, in die man sich einmieten konnte. In Richtung Sprigny, wo früher rote Beete angebaut wurden, war im Zuge der Erschließung und Anbindung an die Infrastruktur der »Feiernden Nekropole«, wie Neuville gern genannt wurde, ein Flugplatz entstanden.

Der Leuchtturm wurde nun maschinell betrieben und verwies nach Einbruch der Dämmerung im Umkreis von vielen Kilometern auf die Lage des Dorfes. Und wenn schließlich die Nacht wie ein überbordender Ozean über die Landschaft schwappte, behielten alle, die in der Gemeinde wohnten, nicht nur den Überblick, sondern bekamen auch einen klaren Ausblick auf ihr Schicksal, auf die Dinge des Lebens im Allgemeinen und auf die glücklichen Abenteuer, die man sich von einer gewissen Extravaganz, einer leisen Verrücktheit und der kleinen Poesie des Alltags erhoffen darf.